당당히 살아가세요.
가장 사다운 모습으로,
가장 찬란하게.

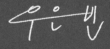

가장 요란한 행복

슬프고도 반짝이는 나의 죽음이 알려준

가장 요란한 행복

우은빈 지음

21세기북스

죽음은 몹시
평범한 얼굴을 하고

자기소개를 할 때 이전의 직업이었던 승무원, 은행원, 작가, 강사를 언급하면 제법 그럴듯하게 보인다. SNS에서 보여주는 가족과의 화목한 모습은 경제적으로 여유가 있어 보인다. 그런데 꽤 오랜 시간 우리 가족은 힘들었다. 은행 지점장이었던 아빠는 퇴사 후 사업을 하다 사기를 당해 쫄딱 망해버렸다. 집은 경매로 넘어갔고, 우리는 작은 빌라에서 지내다 방도 없는 오피스텔에서 웅기중기 살았다. 엄마는 호텔 청소부로 근무했고, 아빠는 경비원과 마트 잡부

등 온갖 일을 했다. 나는 돈을 벌기 위해 승무원이란 직업을 택했다. 승무원 동료들이 명품을 살 때, 값싼 옷 하나를 오래 입었다. 명품보다 생계가 먼저였다. 돈을 벌고 월세를 내며 집안을 일으키기 위해 애썼다. 그렇게 10년 동안 비행하다가 이후에 은행원이 되었다. 은행을 그만두고 나서도 작가와 강사로서의 경력을 이어나갔다.

이상한 건, 집안이 어려운 상황인데도 가족들을 더 사랑하게 된 것이다. 엄마와 아빠, 나와 오빠는 끈끈한 관계로 함께했다. 가난을 마주하고 나서야 알게 되었다. '지금'보다 '과거'가 더 중요할 때도 있다는 걸. 과거는 지우는 게 아니라 껴안는 거라는 걸. 늘 자기 자신보다 자식을 위해 시간과 에너지를 쏟아부은 부모님을 잊지 않았기에 더욱 치열하게 살았다. 그러다 다쳤다. 주말이라곤 없이 그날도 일하러 나가는 길에 다치고 말았다. 의사는 수술 전후로 몇 번이나 사망할 가능성이 높다는 말을 했다.

겨우 정신을 되찾은 나는 병실에서 지내는 반년 동안 지난날을 들여다보았다. 열심히 일하려고 했던 내가 자랑스러웠다. 나태해지기는커녕 성취하고 이뤄내기 위해 노력했으니까. 하루가 다르게 발전하는 내가 그저 멋있다고 생각했으니까. 동시에 일에만 몰두한 내가 후회스러웠다. 성공해서 보답하겠다는 생각만으로 바쁘게 살며 가족과 친구의 얼굴을 보지 못했다. 다음으로, 그다음으로 미루곤 했다. 놀지도 않았고 쉬지도 않았다.

병원에서 지내며 한 번씩 내가 누워 있던 중환자실로 가보았다. 환자의 연령대를 보면 10대부터 80대까지 다양했다. 찌그러진 머리로 멍하니 앉아 죽음에 대해 생각했다. 언제 어디서 어떻게 다가올지 모르는 죽음. 나는 죽다 살아났지만, 중환자실에서는 가족을 알아보지도 못하고 말도 이해할 수 없어 정신을 차릴 수 없었다. 손발이 묶여 있기에 납치되었다고 생각했고 차라리 죽고 싶다고 생각했다. 그때 만약 죽었다면 후회했을까. 죽었으니 후회라는 것도 몰랐을까. 어찌 됐든 나는 결국 살아났으니 지금부터는 죽음을 응시해야겠구나. 그제야 죽음을 받아들이고 성찰해야 한다는 것을 깨달았다.

인생은 때때로 예상치 못한 순간에 무너질 수 있다. 하지만 그 과정 속에서 비로소 진짜 삶이 시작되기도 한다. 머리뼈가 함몰되는 외상성뇌출혈로 좌뇌 95퍼센트가 손상되고 실어증 환자가 되었지만, 절망의 순간을 겪으며 내 삶에서 중요한 것이 무엇인지, 그리고 무엇을 더 사랑하고 음미하며 살아야 하는지 알게 되었다. 그 모든 아픔과 고통이 있었기에 나는 죽음 끝에서 배운 찬란한 삶을, 가장 요란한 행복을 살아가고 있다.

바쁘다는 핑계로 일이 1순위였던 나는 환자가 되어버리자 일하기가 싫었다. 일할 수도 없었다. 외로움이 닥칠 거라 생각했다. 그런데 여전히 바쁘다. 나를 1순위로 삼고 내 곁에 있어준 가족과 친구들이 있기에 지난 시간을 든든하게 버텨낼 수 있었다. 나 몰래 매일 울면서도 내 앞에서는 웃기만 하던 가족 덕분에 심각한 질병이라고 생각하지도 않았다. 병문안을 와서 나를 보자마자 울면서 "은빈아, 나 너 사망 가능성이 높다 그랬을 때, 네가 죽을 줄로만 알았을 때, 나도 그냥 죽어버리고 싶었어!"라고 말을 내뱉는 친구를 보며 나도 모르게 터져 나온 건 눈물이 아니라 웃음이었다. 마음 깊은 곳에서부터 밀려온 따뜻함 때문이었을지도 모른다. 머리가 찌그러진 모습을 공개하는 것이 두려웠지만 "작가님의 용기와 마음가짐이 참 예뻐요. 안아드리고 싶네요"라며 따스하게 감싸안는 구독자님들 덕분에 매번 더 큰 용기를 낼 수 있었다. 의사와 간호사, 치료사와 더

불어 같은 병실에서 또는 함께 재활치료를 받던 환자와 보호자들까지. 그들은 조용히, 그러나 분명히 나에게 듬직한 힘이 되어주었다.

그렇기에 이 책에는 오로지 내가 아닌, 내 곁을 지켜준 사람들로 가득하다. 내 속을 나로만 채울 수 없다는 걸 알게 되었다. 이제 나의 우선순위도 달라졌다. 하루하루 소소한 행복의 순간을 만끽하기, 좋아하는 사람과 함께 시간을 보내기, 힘들어하는 누군가에게 먼저 다가가 손을 잡기. 행복은 혼자서 완성하는 게 아니라, 누군가와 함께일 때 비로소 피어나는 것이니까. 이 책을 읽는 누군가가 조금이라도 외롭고 힘들다면, 친구가 되어 곁을 지키고 싶은 마음을 담아 이 책을 썼다.

그럼, 지금부터 저와 함께하실까요?

목차

2부

무섭고 힘들어도 해피 치즈 스마일

—

1부

✦

어느 날 덜컥 죽음이 찾아왔다

이토록 선명한
악몽이라니

"나는 성공한 사업가다. 나는 한 달에 3000만 원을 번다. 나는 한강이 보이는 사무실에서 즐겁게 일한다."

2023년부터 기록한 자기 확언이다. 미래에 펼쳐질 내 모습을 그리며 아침마다 확인하는 자기 확언은 시작한 지 며칠 만에 더욱 뚜렷해졌다.

"나는 한 달에 1억 이상을 번다. 나는 내 건물의 사무실에서 편안하고 신나게 일한다."

한강이 보이는 사무실에서 내 건물을 마련하겠다는 다짐
으로 금세 앞서나가다니. 지금 자기 확언 노트를 보면 웃음
이 나오지만, 그 당시에는 터무니없다고 생각하지 않았다.
아니, 달성하고도 남을 목표라고 생각하며 한 단계씩 과정
을 밟아나갔다. 나는 승무원, 은행원, 작가, 강사로서 나름
대로 삶을 만끽하면서도 치열하게 살아왔기 때문이다.
대학교 3학년 때부터 승무원 취업에 도전했고 졸업 전에
합격해서 승무원으로 비행을 시작했다. 일본 ANA 항공
등 세 곳의 항공사에서 일했고, 승무원으로 10년을 근무
했다. 하지만 코로나19 바이러스로 항공업계는 위기에 빠
졌다. 나는 또 다른 기회가 찾아왔다고 생각하며 과감하게
결단을 내리고 항공사를 나왔다. 비록 퇴사를 결정했지만
마음만은 든든했다. 매일 기록하는 사람이었기에 그만두
자마자 승무원으로 일했던 기록을 담아 에세이를 출간하
기도 했다.
이후에 제1금융권 은행원으로 이직에 성공했다. 은행 업
무에 익숙해질 때쯤에는 강사가 되고 싶었다. 그래서 은행

도 그만두었다. 하지만 강연 요청이 들어오길 바라는 마음으로 무턱대고 기다릴 수만은 없었다. 열여섯 곳의 대학교에 찾아가 무작정 문을 두드렸다. 조교에게 강의계획서와 명함을 전달하고 오늘 만날 수 있는 교수님을 소개해 달라고 요청했다. 운이 좋은 날에는 한두 명의 교수님을 만나기도 했고, 교수님께는 강의계획서와 명함만이 아니라 직접 강연하는 모습을 보여드렸다.

"교수님, 혹시 3분, 아니 1분 만이라도 시간이 되신다면 제가 강연하는 모습을 보여드리고 싶습니다!"

그런 노력 덕분이었을까, 진짜 강의가 들어왔다. 생각보다 강의가 괜찮았는지 아니면 강의 평가가 제법 좋았는지 교수님들은 다른 학교에 추천까지 해주셨다. 기분이 들떠 콧노래를 흥얼거리며 강의를 다니다가 직접 수강생을 모아 강의를 진행하기도 했다. 다행히 강의는 매번 마감되었다. 학생들에게 항공사 취업 비법으로 면접과 자기소개서 팁을 알려주며 하루하루 사소한 일에도 잔뜩 웃어가며 살았다. 수강생들의 취업 합격 소식과 더불어 강의 만족도는 늘 최상이었다.

자기 확언으로 가득했던 2024년 1월에는 월 수입 1000만 원을 달성했다. 그다음 달에는 1500만 원의 수익을 달성했다. 성공에 성큼성큼 걸어가는 것이 아니라, 마치 달려가는 듯한 기분이었다.

1월 클래스의 마지막 날이었던 2024년 1월 27일, 1월을 잘 마무리하고 2월부터 더 흥겹게 일할 생각으로 근사한 비즈니스캐주얼에 한층 높은 구두를 신고 나가는 길이었다. 추운 겨울, 위험할 정도로 미끄러운 인도에서 뒤로 넘어지며 어처구니없게도 머리를 보도블록에 세게 부딪친 것이다. 퍽 소리와 함께 머리 좌측 40퍼센트가 깨졌고, 허리는 골절되었다. 외상성경막하출혈로 그렇게 그날의 기억을 모두 잃어버렸다.

눈을 떴을 때는 그저 하얀 천장이 흐릿하게 보였다. 눈을 끔뻑이며 주변을 살펴보려고 고개를 살짝 흔드는데, 머리가 깨질 듯이 아팠다. 머리에서 뭔가가 쿵쿵 울렸다. 오른쪽으로 살짝 고개를 돌리자 나처럼 누워 있는 사람들이 보였다. 얼핏 보아도 할머니, 할아버지 같았다. 파란색 가운을 입은 간호사들도 보였지만 그때는 눈앞에 보이는 사람이 누구인지 정확하게 인식할 수 없었다. 천장에는 형광 조명이 나란히 붙어 실내를 밝혀주고 있었다. 눈이 따가울 만큼 눈부셨다.

'뭐지? 일단 일어나 보자.'

일어나려고 하는데 손과 발이 침대 안전 가드에 꽉 묶여 있었다. 왼팔과 오른팔 손등에는 링거가 기다랗게 여러 가닥 늘어져 있었다. 허벅지에도 핏물이 섞여 있는 듯한 링거로 가득했다.

'내가 왜 이렇게 환자인 것처럼… 크게 다친 사람처럼 누워 있는 거지?'

아무런 기억이 나지 않았다. 그저 승무원 준비생들을 만나러 나가는 길이었던 것 같았기에 늦으면 안 된다고 생각해 손과 발부터 휘저었다. 내가 깨어난 모습에 간호사들이 다가와 링거를 확인하며 어딘가에 보고했다. 이때다 싶어서 외쳤다.

"저 승무원 준비생들 가르치러 가야 해요. 풀어주세요."

간호사들은 무던하게 말했다.

"가만히 계세요. 움직이시면 안 됩니다."

뭔가 더 말하고 싶었지만 힘이 나지 않았다. 무엇보다 머
리 통증이 너무나 끔찍해서 입을 떼기가 무서울 정도였다.
그제야 지금 이 순간이 현실이 아님을 깨달았다.
'아, 꿈이구나. 하긴 요즘 좀 피곤하긴 했지. 몇 달 내내 하
루도 쉬지 않고 일했으니까. 한숨 푹 자고 나면 괜찮을 거
야. 머리도 아프니까 푹 자고 일어나자.'
순식간에 잠에 빠져들었다. 다시 잠에서 깨나 싶었지만 계
속 잠을 잘 수밖에 없었다. 얼마만큼의 시간이 지났는지
모르겠다. 의식이 흐리멍덩한 상태로 눈을 뜨니 똑같은 풍
경이었다. 흰 천장, 여전히 보이는 할머니와 할아버지, 분
주하게만 보이는 간호사들. 게다가 이번에는 누군지 모르
겠는 사람이 꺽꺽 울면서 나를 보고 있었다. 그 사람은 내
옷을 입은 것 같았다. 내 옷을 훔쳐 입은 거라면 무어라 말
이라도 해야 했다. 몽롱하고 아련한 의식 안에서도 얼떨떨
했고, 머리가 욱신거리며 찢어지는 듯한 느낌이 들 정도로
고통스러운 와중에도 또박또박 말했다.

"아주머니, 왜 제 옷 입었어요?"

처음 보는 아주머니는 내 옷을 뺏어 입은 게 미안했는지 대답도 제대로 하지 못하면서 고개를 끄덕이며 계속 울었다. 순간 잘됐다는 생각이 들었다. 잘못을 저지른 아주머니를 이용해서라도 이제는 현실로, 집으로 돌아가야 했다.

"아주머니, 제 옷 입으셔도 돼요. 용서해 드릴 테니까, 저 여기서 좀 나가게 해주세요. 네?"

아주머니의 눈에서 눈물이 넘쳐흘러 더는 서로의 눈을 마주 볼 수도 없었다. 이 방법도 소용없다고 느낀 나는 그 사람을 더 이상 쳐다보지도 않고, 안전 가드에 꽁꽁 묶여 있는 손과 발을 움직여보았다. 엄마를 알아볼 수 없었던 나는 엄마를 보고도 그저 시큰둥할 뿐이었다.

화창한 아침,
머리 반쪽이 사라졌다

2024년 1월 27일 토요일, 주말이었지만 나는 클래스가 있어서 나가야 했다. 남편은 덕택에 테니스 치러 간다고 운동복을 챙겨 입기 바빴다. 운동을 좋아하는 남편이었기에 들떠 보였다. 그 모습에 웃으며 "여보, 난 일하는 게 좋으니까 내가 여보는 맨날 놀게 해줄게"라며 호언장담하기도 했다.

내가 다친 그날에 가장 먼저 전화를 받은 건 남편이었다. 집 앞 인도에 쓰러져 있는 나를 발견한 주민들이 119에 신고했고, 다행히도 119 구급대원들이 빠르게 도착했다. 그들은 나를 태우고 병원으로 향했다. 구급대원은 가방 속 핸드폰을 꺼내 내 얼굴을 인식한 다음 최근 통화로 남아 있는 '내 편♡'에게 전화해 병원으로 오셔야 한다고 했다. 처음에 남편은 심각하게 생각하지 않았다. '넘어져서 머리가 조금 찢어졌나? 꿰매면 되겠지'라고 애써 마음을 다잡으며 응급실로 왔다고 한다.

응급실 담당 의사는 남편을 보자마자 조금 서두르면서, 하지만 차분하게 말했다.

> "두개골이 깨졌습니다. 머리에서 출혈이 심하고, 점점 공기가 차오르고 있어요. 심각합니다. 사망할 수도 있습니다. 마음의 준비도 하셔야 할 것 같습니다."

사망할 수 있다는 말은 도저히 믿기지 않았지만, 남편은 우선 가족들에게 연락부터 해야겠다고 생각했다. 의사의 말을 그대로 전달하려는데 순간 눈물이 왈칵 쏟아지며 손이 덜덜 떨려 말하기가 힘들었단다. 통화 후 가족을 기다리던 남편은 응급실 담당 의사에게 지금 당장 수술하면 안 되느냐고 물어보았다. 토요일이라 병원에 신경외과 의사가 없다는 말에, 다른 대학병원으로 가겠다고 했으나 의사는 외상성경막하출혈이 매우 심해서 출혈이 계속되니 다른 대학병원이나 대형병원으로 전원은 불가하다고, 다시 구급차를 타게 되면 시간도 지체될뿐더러 이송 도중 사망할 것이라고 말했다.

외상성경막하출혈이란 교통사고 같은 외부 충격으로 인해 뇌를 둘러싸고 있는 경막 안쪽 뇌혈관이 터지면서 뇌와 뇌 바깥쪽 경막 사이에 피가 고이는 질환이다. 경막하혈종은 뇌를 압박할 수 있기 때문에 매우 긴급한 상황에 해당한다. 더구나 섣불리 출혈을 방지하고자 쏟아진 핏덩이를 제거하는 수술을 할 경우에는 뇌부종(뇌가 붓는 증상으로 뇌 조직에 과도하게 액체가 축적되어 뇌압 상승을 유발할 수 있다)이 더 심해질 수 있고, 추가 출혈까지 발생해 2차, 3차 수술을 할 수도 있다. 이런 이유로 응급실 담당 의사는 협진 신경외과 의료진과 상의한 후 완벽하게 수술 준비를 하겠다고 덧붙였다.

그렇게 오후 1시경에 병원 응급실에 도착한 나는 저녁 7시 30분에 수술을 받게 되었다. 신경외과 의사는 첫 호출 전화를 받고 환자 상태를 설명 들었을 때는 바로 수술할 경우 사망 가능성이 높다고 판단했다. 하지만 오후 5시경 응급실 의사의 수술 재요청 전화를 받고 협진 신경외과 의사들과 상의한 바, 이제는 수술을 해볼 만하다고 판단하여 오후 6시 30분경 병원에 도착해 수술 준비에 들어갔다.

수술은 4시간 30분 동안 진행되었다. 수술이 끝난 후 의사가 말하길 수술은 잘되었지만 심한 뇌출혈로 인해 환자가 깨어나더라도 언어장애와 인지장애, 청각장애, 후각장애가 있을 것이라고 말했다. 특히 언어기능을 담당하는 좌뇌의 손상이 95퍼센트에 달하기에 심각하게 우려가 된다고 했다. 게다가 수술하는 동안에도 출혈이 끊이지 않고 이어져 혈액 대신 전해질 수액을 다량 주입할 수밖에 없었음을 언급했다. 내가 AB형인데 수술한 병원에 수혈할 AB형 혈액이 없었기 때문이다. 전국의 병원에 AB형 혈액을 요청했으나 수술 시까지 도착하지 않았고, 혈액 없이 오로지 수액에만 의존할 수밖에 없어 이로 인해 사망할 수도 있다고 다시 한번 말했다. 수술 전에도, 그리고 수술 후에도 사망 가능성이 높다는 말이 반복되었기에 가족들은 가슴 한편이 송두리째 무너져 내렸다.

나는 수술을 마친 새벽 1시경에 중환자실로 옮겨졌다. 다행히 새벽 5시쯤 혈액이 도착했다. 나중에 담당 의사는 환자인 내가 잠재의식에서라도 살아야겠다는 강한 의지를 가졌던 것 같고, 그나마 건강한 신체를 유지했기에 잘 버텨내며 무사히 소생할 수 있었다고 힘을 북돋아주었다.

그렇게 나는 죽음의 길에서 다시 살아났다. 죽다 살아난 사람들은 일생이 주마등처럼 스쳐 지나간다고 한다. 아주 어린 시절부터 마지막 순간까지의 시간이 쏜살같이 흘러가는 장면을 목격한다고. 그걸 '주마등처럼'이라고들 한다. 하지만 나는 다행히 살아났음에도 주마등처럼은 고사하고 오히려 지난 기억을 잃어버렸다.

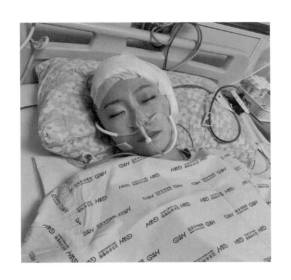

중환자실에서
탈출할 것이다

눈을 뜰 때마다 그저 몽롱할 뿐이었다. 내가 왜 병실에 있는지 생각하고 또 생각해도 아무것도 떠올릴 수 없었다. 갇혀 있다는 생각에 그저 불안하고 초조했다. 집에 가야 하는데, 사랑하는 남편을 만나 답답하게 갇혀 있는 지금의 상황을 쏟아내면 뒤숭숭한 마음이 금세 진정될 것 같은데 아무것도 할 수가 없었다. 그 와중에도 남편 얼굴이 또렷하게 기억나지 않는 게 이상했다. 아무래도 손등에 붙어 있는 링거가 수상했다. 어서 여기서 탈출해야겠다. 간호사에게 내가 도망칠 거라고 의심하지 못하도록 물어보았다.

"저 쉬 마려워요. 이거 잠깐 풀어주실 수 있을까요?"

교묘하면서도 친절하게 물어보는 나의 태도에 간호사는
무심하게 말했다.

"누워서 볼일 다 보실 수 있어요."

헛웃음이 나왔다. 나에게 무슨 짓을 하는 걸까. 이런 게 바
로 납치라는 걸까. 납치해서 내 신체와 정신을 조사라도
하는 걸까. 옆에 누워 있는 분들은 왜 계속 잠만 자고 있을
까. 혼수상태에서 의식을 찾은 나는 아직도 꿈을 꾸는 듯
했다. 자고 일어나면 꿈에서 벗어날까 싶어 다시 자려고
해도 병실과 천장이 그저 밝기만 해서 좀처럼 깊게 잘 수
가 없었다.
종종 간호사 같은 사람이 와서 죽을 먹여주었는데 맛이 없
었다. 느끼하고 역겨웠다. 그때는 뇌출혈로 후각신경이 손
상되어 후각이 상실된 걸 몰랐다. 그저 병원에서 주는 이

상한 맛의 밥도 의심스러울 뿐이었다. 그래도 먹고 살자고 죽을 씹어 먹는 데 왼쪽 턱이 깨질 것 같았다. 무엇보다 머리를 망치로 내리치는 듯한 두통이 괴로웠다. 관자놀이도 숨을 내쉴 때마다 금이라도 간 듯 바스러지는 느낌이었다. 면회 시간에 맞춰 하루 중 오전 20분은 사람들이 나를 보러 왔다. 울컥 눈물을 쏟으면서도 따뜻하게 바라보며 웃는 얼굴들. 나를 내보내줄 사람은 이 사람들이다 싶었다. 누구에게든 말해야 한다고 생각하며 부탁했다.

"저 일하러 가야 해요. 수강생들이 저 기다려요. 여기서 나가게 제발 좀 도와주세요."

그렇게 말할 때마다 다들 울면서, 어떻게든 웃더라도 눈물이 그렁그렁 맺힌 모습으로 아직 더 쉬어야 한다고 말했다. 그들은 눈물을 참으려고 입을 감쳐물고 말했지만 전혀 와닿지 않았다. 엄마는 젖은 목소리로 말했다.

"엄마가 다 해줄게. 너 나을 때까지 잘 보살펴줄게."

남편도 울먹이며 말했다.

"걱정하지 마. 내가 지켜줄게. 아무 걱정하지 말고 나
만 믿어."

그럼에도 불구하고 그들을 알아볼 수 없었던 나는 그 무엇
도 의미가 없다는 생각에 한숨을 내쉬며 고개를 돌렸고 눈
도 맞추지 않았다. 내가 유일하게 알아본 사람은 아빠였
다. 아빠에게는 더욱 확실하게 나가게 해달라고 말했지만
소용없었다. 모두가 쓸모없었다.

그렇게 사람들이 가고 나면 세상을 원망하고 질책하는 감
정이 솟아올랐다. 화가 나서 손을 탕탕 내리쳤다. 그 순간,
끈으로 묶여 있던 손이 살짝 헐거워졌다. 탈출할 수 있는
방법이 생긴 것만 같았다. 처음으로 미소가 슬며시 흘렀
다. 이틀 동안 침대 안전 가드에 끈으로 묶여 있는 손을 계
속 흔들어댔다. 서서히, 그리고 조금씩. 한 번씩 간호사들
이 건강 상태를 확인하러 오면 티 내지 않기 위해 냉담한
모습을 보였다.

무의식적으로 계속 손을 흔들던 찰나에 끈이 스르르 풀어

졌다. 그것도 양쪽 끈이 모두 풀렸다. 재빠르게 주변을 둘러보았다. 나에게 누워 있으라고만 하는 간호사들은 마침 어느 정도 거리가 있는 곳에서 다른 환자들을 보고 있었다. 지금이었다. 나는 힘을 내 침대에서 뛰어내렸다.

쿵! 침대에서, 그러니까 갇혀 있다고 생각한 중환자실에서 도망가려던 나는 그대로 넘어지며 바닥에 몸과 턱을 박아버렸다. 바로 일어나고 싶었지만 꼼짝도 할 수가 없었다. 바닥에 부딪치며 혀를 깨물었는지 혓바닥이 얼얼했다. 간호사들이 헐레벌떡 달려와서 나를 조심스레 들어 올렸다.

"괜찮으세요? 움직이면 안 된다니까요! 머리가…, 허리도 부서진 상태예요!"

내 머리와 몸 상태를 확인한 간호사들은 침대에 다시 나를 눕힌 다음 손뿐만 아니라 다리까지 묶어버렸다. 중환자실에 처음 왔을 때는 손과 발을 침대에 고정시켰지만, 내가 정신을 차린 뒤에는 손만 침대에 묶어두었기에 그나마 탈출을 시도할 수 있었다. 더 이상 몸부림칠 수 없도록 손과 발이 꽁꽁 묶여버린 나는 다 포기하고 싶은 마음이었다. 자고 또 자도 꿈에서 깨어나지 못하는 게 아니라 여기가 지옥이라는 생각이 들었다. 지옥까지 추락하는 기분이었다. 끊임없이 다가와서 살펴보는 간호사도 지겨웠다.

"대변은 좀 보셨어요? 머리는 안 아프세요?"
"확인이나 해보세요."

나는 퉁명스럽게 답했다. 대변을 봤는지 안 봤는지 제대로 알지도 못했지만, 알더라도 알려주고 싶지 않았다. 차라리 나를 죽이라고 생각했다. 넘어지면서 바닥에 박은 입술과 부은 얼굴을 본 가족들은 깜짝 놀랐다. 괜찮냐고 물어보는 가족들에게 나는 "어쩌라고!" 소리만 내뱉었다. 드디어 엄마와 남편을 알아보게 되었을 때도 화만 낼 뿐이었다. 가족들은 중환자실에서 무척이나 예민하고 격분하는 나를 볼 때마다 걱정했다고 한다. 뇌손상으로 내가 이전과는 달리 폭력적인 기질을 가지게 될까 봐 두려울 수밖에 없었을 테다.

그러던 어느 날, 한 간호사가 핸드폰을 들고 오더니 나에게 보여주며 말했다.

"은빈 님, 은빈 님 인스타그램이에요. 멋지다! 대단한 강사셨네요!"

그는 사진 하나하나를 보여주었다. 무심히 핸드폰을 바라보던 나는 또다시 무관심한 척했다.

"어쩌라고요."

간호사는 한동안 나를 바라보며 미소 지었다. 나는 고개를 돌려 눈을 감아버렸다. 그가 조심스레 자리를 뜨자 그제야 울컥했다. 간호사가 보여준 화면에서 친구들과 카페에서 웃는 내 얼굴과 강의를 준비하는 열띤 내 모습, 엉성하지만 꾸준히 글 쓰고 그림 그린 흔적을 확인할 수 있었다. 가만히 누워 있던 나는 마치 새롭다는 듯이 지난날을 떠올려보았다. 분명 나는 좋아하는 일을 해왔고, 사람들과 마주할 때 즐거워했다. 무엇보다 가족을 챙기는 사람이 되어 뿌듯했다. 부러 용돈까지 잔뜩 챙겨주며 스스로를 뽐냈다. 엄마는 이모들과 만날 때마다 은근히, 아니 대놓고 내 자랑만 하느라 아빠가 옆에서 눈치를 주곤 했다.

갑자기 눈이 번쩍 뜨였다. 좀 더 또렷해진 눈빛으로 다시 한번 주변을 바라보았다. 고요한 병원의 중환자실. 머리와 입, 팔, 다리, 여기저기에 수많은 관이 연결된 환자, 붕대와 인공호흡기로 얼굴조차 보이지 않는 환자, 그리고 내가 직접 볼 수 없는 나라는 사람. 지금 내 상황이 대체 무슨 일 때문인지는 모르겠지만, 확실하게 마음을 다잡아야 했다. 내 모습을 확인하고 싶어졌다.

그렇게 중환자실에서 무작정 반항하는 나에게 속마음을 읽듯 조용히 다가와 나의 지나간 때를 보여주었던 간호사를 지금도 또렷이 기억한다. 간호사는 의사의 진료를 돕고 환자를 돌보는 사람이다. 물론 의사와 간호사는 환자의 몸과 건강을 챙기는 것만으로 충분하다. 중환자실 간호사들은 내 몸 상태를 살폈을뿐 아무도 나에게 개인적인 말을 걸지 않았고, 내 말이 묵살당한다고 생각했던 나 역시 누구에게도 말을 걸지 않았다. 그런데 그 간호사는 나의 마음과 정신까지 움직였다. 넓고도 깊게 채워주었다.

과거나 미래보다 현재가 가장 중요하다는 말도 있지만, 그때 나에게는 과거가 무척이나 중요했다. 누구와 함께하며 어떻게 살아왔는지, 언제 웃고 즐거웠는지 말이다. 나는 중환자실에서 하루 종일 누워 있는 내내 무엇 하나 돌이켜 볼 수 없었다. 그때 나에게 현실이란 병원인 건지 납치한 건지 모르겠다며 탐탁지 않은 표정으로 의사와 간호사를 의심하는 일이었다. 처음에는 가족조차 못 알아봤고, 알아 보게 된 이후에도 나의 탈출을 위해 힘도 못 쓰는 사람들로 팽개치고 말았다.

그 간호사 덕분에 알게 되었다. 모든 것을 잃어버린 것만 같을 때, 과거를 뒤돌아보는 건 너무나 의미 있다는 것을, 과거는 사라질 수 없다는 것을. 실체가 있는 과거를 들여다보아야만 내가 했던 일과 내가 했던 사랑, 오랜 시간 꿈 꿔왔던 나의 꿈을 다시 새롭게 얻을 수 있다는 것도.

사라진 머리뼈와 단어들이
눈물을 이루고

매일 매 순간 머리가 깨질 듯이 아팠다. 아침, 점심, 저녁 내내 뇌 전체가 깜깜한 지옥을 둥둥 떠다니는 듯 울렁거리는 기분이었다. 혹독한 머리 통증은 사라지지 않았다. 엄청난 고통이었다. 머리가 날카로운 칼에 찔려 찢어지는 듯이 아팠고, 뇌가 둔탁한 망치로 두들겨 맞는 것처럼 고통스러웠다.

주치의 선생님은 내가 아플 수밖에 없다고 했다. 개두술로 왼쪽 머리뼈를 절개해 드러냈으며, 현재는 머리뼈 반쪽이 열려 있는 상태이기에 우리가 살고 숨 쉬는 지구 대기에 뇌가 그대로 노출된 것과 다름없다고 했다. 중력의 압력을 그대로 받으니 갖가지 유형으로 두통이 생길 거라는 말도 덧붙였다.

하지만 선생님의 말을 이해할 수 없었다. 일단 의학용어부터 너무 어려워서 무슨 말인지 알아듣기가 힘들었다. 집중해서 들으려고 했지만 '대체 뭐라는 거지?'라는 생각과 동시에 머릿속이 새하얘졌다. 주치의 선생님은 머리에 붙여둔 큰 반창고를 떼고 탄력 압박 붕대로 만든 모자를 씌워주면서 말했다.

"모자는 꼭 쓰셔야 해요. 머리를 또 부딪치면 너무 위험하니까 도톰한 모자면 더 좋고요. 그리고 지금은 두개골 복원수술(두개골에서 골편이 제거된 자리를 자가 골편이나 인공 뼈로 대체하는 수술)을 하기 전이라 머리의 일부가 살짝 패인 듯…, 그러니까 움푹 내려앉거나 들어간 것처럼 보일 거예요. 너무 걱정하지 마세요. 다음 수술 때까지 감염만 되지 않도록 조심하면 됩니다."

병원에서 준 모자를 쓰고 병실로 돌아갔다. 큰 거울로 내 모습을 확인하고 싶었기에 바로 화장실로 들어갔다. 머리가 내려앉은 것처럼 보일 거라는 말이 의아하기만 했다. 내 눈으로 확인해야 했다. 모자를 천천히 벗었다. 다친 뒤 처음으로 보게 된 내 모습이자 지금의 내 현실이었다. 머리는 삭발된 상태였다. 삭발한 모습을 본 건 난생처음이었지만 아무렇지 않았다.

그보다 믿기 어려운 것은 움푹 꺼지고 찌그러진 왼쪽 머리뼈였다. 살면서 단 한 번도 본 적 없는 모습이었다. 처음 보는, 상상조차 못한 형태였다. 그저 가만히 거울을 응시하다가 호흡이 거칠어져 침을 꿀꺽 삼켰다. 그러자 머리가, 즉 뇌가 움직이는 게 또렷하게 보였다. 그 모습에 일부러 입을 크게 열었다가 깨물기도 하고 이를 부드득 갈아보았다. 그때마다 머리가 구부러지며 자꾸 움직이는 걸 볼 수 있었다.

"뭐야, 이거. 나 어떡해"라는 소리가 저절로 튀어나왔다. 뒤에서 내 모습을 지켜보던 엄마는 조용히 말을 건넸다.

　　"은빈아, 너는… 변함없이 그냥 너일뿐이야. 여전히 어

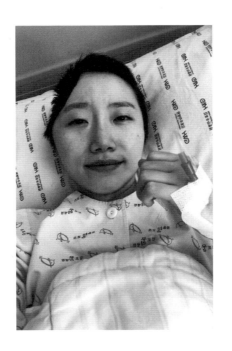

여쁘고 멋있기만 해."

알고 보니 가족들은 이미 알고 있었다. 주치의 선생님이
머리를 소독하기 위해 붕대와 반창고를 걷어낼 때 내 머리
뼈가 드러난 모습을 봤던 것이다. 가족들 역시 놀랐고 걱
정했지만, 내가 그 모습에 절망할까 봐 더 걱정했다고 한
다. 그래서 엄마는 아무렇지 않은 척 말한 것이었다. 가족
들의 심드렁한 반응에 나도 언제부턴가 자연스럽게 생각
했다. 그래… 살았잖아. 죽다 살아난 게 어디야. 그러다가
도 난생처음 보는 모습에 다시 또 의아해하면, 엄마는 그
게 신기하지 않느냐고, 살면서 신기한 걸 마주하는 것도
운이자 특별한 일이라고 말했다.

❈   수치스러움에 빠질 수도 있는 그 순간마다 나는 슬며
     시 미소 지었다. 곧 다시 즐겁게 일할 거라고 생각했
     다. 다시 수강생들에게 다가서기 위해서는 나부터 절
     망에 빠져서는 안 되었다.

머리뼈 복원수술을 하기 전까지 심하게 진행된 뇌출혈로

한껏 부은 뇌의 부기를 가라앉혀야만 했다. 그때까지 거의 반쪽이나 절개한 내 머리뼈는 오염이나 감염되지 않도록 병원 냉동실에서 엄중히 보관했다. 뇌 부위에 출혈이 더 이상 발생하지 않고, 뇌의 부기와 부종이 진정되면 두개골 접합, 봉합, 재건, 수복, 복원 등의 성형수술을 할 예정이었다. 나 역시 머리뼈 복원수술을 할 때까지는 머리를 부딪치거나 넘어지지 않도록 조심히 움직여야 했다. 수술 부위는 병원균이나 세균에 감염되지 않아야 했기에 비누나 샴푸도 쓸 수 없었다.

허리 골절은 요추 1번 뼈의 압박골절이었고, 천만다행히도 밀려 나온 뼈가 척수를 침범하지 않았다. 골시멘트시술을 받고 허리보호대를 착용한 상태라 움직이는 것 자체가 몹시 조심스럽고 불편했지만 감당할 수 있었다. 두개골 복원수술을 하기 전까지 2~3개월 동안 재활병원에서 지내며 재활치료를 받아야만 했기에 병원을 옮겨야 했다. 나는 재활병원에서 약물치료, 물리치료, 작업치료, 언어치료를 아침 8시 20분부터 오후 5시 30분까지 받으며 지냈다. 머리가 미친 듯이 욱신거리며 아팠지만 치료를 받기 위해 애썼다. 무엇보다 언어치료와 작업치료에 집중했다. 다시 말을 잘하고 싶었기 때문이다.

그나마 다행인 건, 심각한 언어장애 환자는 자음과 모음까지 모두 잊어버려 초성부터 공부해야 했지만 나는 글을 읽을 수 있었다. 첫째 날부터 ㄱ, ㄴ, ㄷ, ㄹ, ㅁ을 보며 그 자음으로 시작하는 단어를 기억해 내는 시간을 가졌다. 'ㄱㅂ' 초성 퀴즈부터 시작했는데, 어떠한 단어도 말하지 못했다. 폴짝폴짝 신나게 뛰노는 강아지, 도도하고 새침한 표정의 고양이부터 느릿느릿 육중하게 걸음을 옮기는 코끼리까지 언어치료사가 동물 사진을 보여주며 하나씩 묘사하고 물어봐도 그 이름을 말할 수 없었다.

이후 언어치료사는 더 많은 사진을 보여주면서 단어를 떠올리게 했다. 사진 속 모습을 보자마자 '이건 횡단보도요! 그건 신호등이잖아요. 이건 자동차요?' 이렇게 쉽게 말하면 되는데, 좀처럼 말하지 못하는 내가 나 자신도 믿기지 않았다. 과일을 눈으로 보며 손으로 그림까지 그리면서도 수박이 뭔지, 귤이 뭔지 말하지 못했다. 색깔은 빨간색을 빨간색으로, 파란색을 파란색으로 말하면 되는데, 무슨 색인지는 머릿속으로는 알겠는데 말로는 도무지 표현할 수가 없었다. 내가 좋아하던 아이스 아메리카노를 보여줘도 아메리카노라고, 커피라고 말할 수 없었다. 라면을 보여줘도 라면이라고 말하지 못했다. 언어치료사는 라면 봉투에 적힌 조리 방법을 보여주며 단어를 접하게 했다. 건더기 수프도, 분말 수프도 이해하기 어려웠다. 언어치료사는 건더기, 분말, 수프의 뜻을 설명했다. 단어 속에서 헤매는 나를 보며 언어치료사는 말했다.

"아, 또 몰라? 또 틀리네. 왜 자꾸 틀리지?"

단정하면서도 심지어 단호한 그 음성이 나를 좌절시켰다. 나는 주눅이 들어서 눈을 질끈 감았다가 떴다. 뒤죽박죽이 된 머리로 단어를 받아들이다 보면 어느새 30분이 지나 언어치료가 끝났다. 머리는 터질 것같이 지끈거렸지만, 몸은 차갑고 식은땀이 흘렀다. 언어장애, 실어증이 무엇인지 감도 안 잡혔는데, 이게 바로 좌뇌가 망가졌다는 것임을 깨닫자 혼란스러웠다. 허망한 언어치료를 마치고 병실로 돌아가면 엄마는 나지막이 말했다.

"나도 까먹을 때마다 은빈이한테 종종 물어봤잖아. 사

람 다 똑같아. 잘 까먹어."

수치스러움에 첨벙 빠질 수도 있는 그 순간마다 나는 슬
며시 미소 지으며 두려움에 빠지지 않을 수 있었다. 중환
자실에서 승무원 준비생들을 가르치러 가야 한다고 목청
껏 외치던 나였다. 다시 강사가 되고 싶었다. 금방 나아서
수강생들에게 용기를 주며 다시 즐겁게 일할 거라고 생각
했다. 자신감 없는 취업 준비생의 강점과 재능을 발견하며
취업을 도와주었던 그 뿌듯함을 남다르게 느끼던 나였다.
다시 그들에게 다가서서 도움을 주려면 나부터 절망에 빠
져서는 안 되었다. 모르면 모른다고 당당하게 말하자고 다
짐했다. 어떠한 상황에서도, 비참하고 수치스러운 상황에
서도 도망치지 말고 제대로 맞서자고 마음을 바로잡았다.
나는 다시 삶의 의미를 찾을 테니까. 찾고 말 테니까.

"언어장애가 될 확률은
95% 이상입니다"

2주 만에 중환자실에서 일반 병실로 옮겼다. 나를 가둔 이 공간에서 나가면 모든 게 해결될 줄 알았다. 여전히 침대에 누워 있었지만 안전 가드에 묶여 있던 손은 자유로운 상태가 되었다. 손바닥으로 몸을 일으켜 세운 다음 일어나려고 했는데 도무지 일어날 수가 없었다. 온몸이 무거웠다. 일어나기 위해 끙끙대는 모습에 가족이 말했다.

"움직이기 힘들 거야. 허리뼈가 부러진 상태인데 아직

수술을 안 했어. 편안하게 누워서 쉰다고 생각해 보자."

이제는 꿈인지 현실인지 파악할 힘도 없어서 조용히 받아
들였다. 중환자실에서는 계속 성질만 내던 내가 그나마 조
용하고 얌전해지자 가족들은 다행이라고 생각했단다. 스
트레스, 불안, 분노 등의 감정을 조절하고 관리하는 전두
엽이 손상되었기에 더 우려했던 가족들이라 조금 안심했
던 모양이다. 그런데 그것도 잠시, 가족들은 또다시 놀랄
수밖에 없었다.

"나 비행기 좀 줘. 연락 확인해 보고 싶어."

남편은 내가 핸드폰을 비행기라고 말한다는 걸 바로 간파
했고, 주치의 선생님이 언급한 한마디 한마디를 되새겼다.
주치의 선생님은 수술은 잘 끝났지만 피를 많이 쏟았고,
수액으로 버티고 있지만 버티지 못하면 사망할 수 있다고
했다. 그리고 깨어나도 언어장애, 인지장애, 청각장애, 후
각장애로 30대 여성으로서 온전한 삶을 살 수 없을 거라고
했다. 특히 언어 담당인 좌뇌 기능이 95퍼센트 정도나 손

상돼 언어장애는 필연적이라고, 뇌세포는 재생도 되지 않는다고 말했다. 나는 다시 어린아이가 된 것이다.

남편은 가슴이 철렁 내려앉는 기분이었지만 의사에게 들었던 말에 집중하지 않기로 결심했다. 남편이 나에게 병원 밥을 먹여주며 먹고 싶은 게 있냐고 물어보았다.

　　"그거 있잖아, 그거. 나 그거 먹고 싶어."

남편이 그게 뭐냐고 물어보았지만, 나는 짜증스럽게 대답했다.

　　"그거 몰라? 우리 집 근처에 그거!"

근처에 너무 많은 가게가 있어서 남편은 한식, 일식, 중식, 양식 등 음식의 종류와 열 개, 스무 개 이상의 메뉴를 말했으나 나는 계속 "그거 말고 그거"라고 말할 뿐이었다. 나 역시 너무 답답했다. 내 말을 왜 못 알아듣는지 남편을 이해할 수가 없었다. 내가 하고 싶은 말을 다 했다고 생각했기 때문이다.

✤ 가족들은 느낌표나 마침표가 아니라 쉼표와 물음표로 다가왔다. 그 물음표 덕분에 나는 자신에게도 잇따라 질문을 던지고 대답하기 위해 애썼다.

이후에도 나는 밥, 물, 화장실을 계속 그거라고 말했고 가족들이 잘 이해하지 못하는 게 갑갑했다. 내가 언어장애나 인지장애를 겪을 수도 있다고 가족들은 말해주지 않았다. 다만 내가 직접 말할 수 있도록 예시를 들어주었다.

"붕어빵일까?"

질문한 다음에는 내가 답할 때까지 10초, 20초, 30초를 기다려주었다. 붕어빵이라는 단어를 들으니 그제야 붕어빵이라고 말할 수 있었다.

"붕어빵 말고 그거."
"은빈이 우동 좋아했는데 오랜만에 우동 먹고 싶나?"
"붕어빵이랑 우동 말고 그거 있잖아."
"떡볶이는 어때? 병원 밥이 별로 맛없지?"

이런 식으로 스무고개를 제시했다. 나는 그게 아니라 그 거라고 말할 수밖에 없었지만, 끊임없이 이어지는 말하기로 뇌를 깨어나게 했다. 매일 그렇게 머리를 자극하며 나도 모르게 인지 능력이 향상되었다. 가족들은 나를 무작정 가르치거나 "너 환자야! 조심해! 약 먹어! 밥이나 먹어! 좀 쉬어!"라고 명령하지 않았다. 단 한 번도.

"오늘 날씨가 좋은데, 뭐 하고 싶은 거 있어? 기분은 좀 어때? 은빈이는 앞으로 무슨 일을 하고 싶어?"

가족들은 마침표와 느낌표가 아니라 쉼표와 물음표로 내게 다가왔다. 그렇게 나는 마침표가 아니라 쉼표로, 느낌표가 아니라 물음표로 앞에 있는 사람을 마주해야 한다는 걸 배웠다. 퇴원한 후 친구들을 만날 때도 먼저 다가가 질문할 수 있었다. 가족이나 친구가 질문하지 않아도 괜찮다. 나 자신에게 스스로 질문을 던지면 된다. 솔직한 답변으로 나를 마주하면 된다. 그 물음표 덕분에 나는 자신에게도 계속 질문을 던진다.

"우은빈, 너 왜 유튜브 하고 싶어?"

"크게 다쳤지만, 좌뇌 기능을 잃게 되었지만 그럼에도 활력 넘치게 살아가는 모습으로 사람들에게 용기와 희망을 주고 싶어."

"너 왜 다시 강연하고 싶은데?"

"나만의 이야기를 솔직하게 전달하면서 진정한 삶의 의미를 나누고 싶어."

"너 왜 돈 벌고 싶은데?"

"이제는 어려운 다른 사람을 돕고 싶어."

"돈 벌어서 뭐 할 건데?"

"자립 준비 청년에게 지원하고 싶어. 나는 부모가 곁에 있기에 부모가 없는 삶이 얼마나 외롭고 막막할지 온전히 헤아릴 순 없어. 그래서 조심스럽지만 진심으로, 작게라도 그들에게 도움의 손길을 건네고 싶어."

물음표로 나에게 잇따라 질문을 던지고 대답하기 위해 애쓰고 있다. 그리고 스스로 질문에 답하며 나라는 사람에 대해서 더 잘 알아가고 있다. 내가 뭘 원하는지, 어떻게 살아가고 싶은지, 놓쳐서는 안 될 게 무엇인지 말이다. 그러니 힘들고 고민될 때는 다른 사람이 아닌 자신에게 질문을 해보는 건 어떨까. 질문이 없다면 대답도 없고 공허하다. 질문이 있다는 건, 단지 답을 찾기 위함이 아니라 나 자신을 다시 일으키며 더 단단하고도 깊이 있는 삶을 살아가겠다는 선언이기도 하다.

저는 당당한
실어증 환자입니다!

아빠는 내가 쓰던 물건을 가지고 와서 보여주며 단어를 유도했다. 가방부터 시작해 구두와 운동화, 립스틱, 사진과 앨범, 내가 좋아하던 인형, 책과 일기를 하나씩 보여주었다. "이게 뭘까?"라고 물어도 나는 "그거"라고 답할 수밖에 없었다. 그러자 아빠는 인형과 함께 노트에 'ㅇㅎ'라고 적어서 보여주며 다시 물었다.

"아하?"

아빠는 미소 지으며 고개를 살짝 저었다.

  "이응 히읗…. 음, 뭐지. 어허?"

아빠는 내가 충분히 생각할 수 있도록 시간을 준 다음 'ㅇ ㅎ'에 'ㅣㅕ' 모음을 더 써주었다.

  "아! 인형! 우리 집에 있던 인형이다!"

그제야 아빠는 크게 웃으며 두 손으로 하이파이브를 했다. 누워 있었던 나도 두 손을 들어 아빠와 손바닥을 마주쳤다. 아빠는 '스피드 퀴즈'나 '몸으로 말해요'처럼 나에게 힌트와 단서를 계속 주었다. 구두를 자주 신었고, 다친 날에도 신고 있었지만 그 이름을 말할 수가 없었다. 그러면 아빠는 아예 앉아서 내가 신던 구두를 바닥에 두드리면서 걷는 시늉을 하며 말했다.

  "은빈아, 이건 네가 취업 준비생들 가르치러 갈 때 자주 신던 건데, 걸을 때 또각또각 소리도 나. 승무원으로 일할 때도 맨날 이거 신어서 발 아프다고 그랬잖아. 열두 시간 동안 이걸 신고 비행하면 발냄새도 엄청 난다고 그랬는데. 이게 뭘까요?"

아빠는 마치 아이를 가르치듯 손짓, 발짓을 다 쓰며 구두를 표현했다. 나는 구두라는 걸 알고 있었지만, 끝내 그 단어를 말할 수가 없었다. 하지만 아빠는 내가 '구두'라는 단어를 떠올릴 때까지 각양각색의 힌트와 단서를 쏟아냈다. 나를 간병해 주었던 엄마는 밥을 먹거나 물을 마시는 잠깐의 순간에도 내가 단어를 기억해 낼 시간을 마련했다. 내가 물을 말하지 못하면, 정수기 앞으로 데려가서 물을 보여줬다. 정수기, 냉수, 온수까지 다 말하지 못하면 앞 글자만 알려줬다.

"은빈아, 물 마시러 가자. 어떤 거 마실래? 차가운 물은 뭐라고 할까? 냉으로 시작하는데."
"냉… 냉면?"
"뜨거운 물은 뭐라고 할까? 온으로 시작하는데!"

"온도?"

엄마 역시 나를 가르치려고 하거나 초조해하지 않았다. 그
저 내가 생각에 집중하며 뭐라도 말할 수 있는 시간을 주
고 또 기다려주었다. 그러니 어떻게 내가 포기할 수 있겠
는가.

퇴근하자마자 병원에 찾아온 남편은 여러 장의 사진을 보
여주었다. 연애하던 시절에 카페에서 찍은 사진으로 '커
피'를, 그것도 내가 가장 즐겨 먹었던 달콤한 '바닐라라테'
를 알려주었다. 신혼여행으로 다녀온 '하와이', 우리가 즐
겨 먹던 '닭볶음탕' 사진은 나를 웃음 짓게 해주었다.

이어서 남편은 비행 관련한 사진을 보여주었다. 핸드폰을
'비행기'라고 말하던 나, 중환자실에서 '승무원' 준비생들
만나러 나가야 한다고 주장하던 나를 본 남편은 내가 비행
에 유별날 정도로 집착한다고 생각했기 때문이다. 아니나
다를까. 승무원의 유니폼, 앞치마를 보자마자 나는 제법
빠르게 맞추었다. 객실, 갤리, 승객, 정비사, 기장도 재빠르
게 말했다. 남편은 조금씩 틀을 넓혀가며 소방수, 디자이
너, 만화가 등 다른 직업인의 이미지도 사례와 함께 익히

도록 도와주었다. 다음 날 다시 잊어버리기 일쑤였지만 복습하고 또 복습하며 하루를 보낼 따름이었다.

❡ 당신은 지금도 나보다 말하기를 두려워하지 않아. 그 모습이 정말 근사해.

그렇게 단어를 익혀나갔다. 나는 다쳤기 때문에 잠시 이상이 있는 줄로만 알았다. 가족들이 말해주지 않았기 때문에 내가 머리를 다쳤는지도 몰랐고, 언어장애를 겪는 줄도 몰랐다. 한동안 일에만 매몰되어 바쁘게 지냈던 만큼 일시적으로 머리가 아픈 거라고 생각했다. 병원에서 나가면 금세 나을 줄 알았다.

이후 한국판 웨스턴 실어증 검사를 통해 내가 실어증 환자임을 알게 되었다. 드라마나 영화에서처럼 아예 말을 못하는 사람만 실어증 환자가 아니었다. 질문에 대답을 하지만, 그 질문과 전혀 다른 대답을 할 수밖에 없는 사람도 실어증이었다. 나는 명칭 실어증으로, 단어가 잘 떠오르지 않거나 뜻하는 것과는 전혀 다른 단어를 내뱉는 실어증 환자였다.

두개골 복원수술 후 한 번 더 실어증 테스트를 보았던 날은 또렷하게 기억에 남아 있다. 언어치료사가 사진뿐만 아니라 실제로 물건을 보여주며 내가 뭐라고 말하는지 듣고 체크했다. 공을 보여주는데도 공이라고 말하지 못했다. 자물쇠를 보고도 자물쇠라고 말할 수 없었다. 그런데도 나는 당당하게 말했다. 몰라요. 몰라요. 기억이 안 나요. 바로 옆에 있던 엄마는 아무 말도 하지 않았다.

이후에 이재웅 언어치료사가 말해주었다. 엄마 같은 보호자는 처음이었다고. 보통 실어증 검사를 할 때 환자가 단어를 틀리거나 잘 모르면 보호자의 표정이 굳어지면서 동시에 "이거 공이잖아, 공!"이라고 알려준다고 했다. 엄마처럼 아무 말도 하지 않으면서 그저 웃고 있는 보호자는 처음 봐서 한편으로 신기했다고.

내가 말하기를 두려워하지 않게 된 가장 큰 이유는 내가 용감해서가 아니다. 말을 못 한다고 부끄럽게 여기지 않도록 고민할 틈새조차 주지 않는 가족들 덕분이었다. 한 번씩 말하다가 주저하는 모습을 볼 때마다 우리도 단어를 종종 틀리거나 잘 기억나지 않는다고 말하며 내가 마음을 가볍게 먹을 수 있게 도와주었다.

주치의 선생님도 밝고 긍정적인 품성을 강조했다. 특히 말을 잘하던 사람이 이전보다 말을 잘하지 못하게 되었다고 절망에 빠져 세상에 벽을 세운다면 언어와 더욱 멀어질 수밖에 없다고 했다.

나 역시 말하기에 자신감이 넘쳤던 내가 예전과 다르게 말한다는 게 믿기지 않았다. 그럴 때마다 남편은 자기는 살면서 강의 한 번 제대로 해보지도 않았고, 앞으로도 전혀 하고 싶지 않다고 말했다. 은빈이는 멋있는 강사였고, 지금도 자신보다 말하기를 두려워하지 않는다고, 정말 근사하다고 덧붙였다. 금방 어깨가 으쓱해진 나는 여전히 실어증 환자로 언어 공부를 이어나가고 있다. 강연을 하는 날에는 이렇게 말을 시작한다.

"혹시나 강연을 진행하면서 단어가 틀릴 수도 있습니다. 그러면 잽싸게 알려주세요! 실어증 환자인 저를 도와주는 겁니다."

"저는 실어증 환자입니다"라는 소개에서 누군가는 나를 그저 안타깝게 바라보고, 불쌍하게 여길 수 있다. 반면 또 다른 누군가는 실어증을 극복해 내려는 모습을 대단하고 멋있게 볼 수도 있다. 사람마다 생각하는 방식과 기준은 다르다.

대부분의 사람은 자기 자신을 솔직하게 드러내면 공격당할 거라 생각한다. 그래서 자신의 수치심, 부끄러움, 모자람, 부족함을 감추려고 한다. 창피하다고 생각하기 때문이다. 주변에는, 아니 이 세상에는 인스타그램이나 유튜브만 들어가도 잘난 사람들 천지니까. 나만 돈 없고, 나만 대학 못 가고, 나만 부모가 없고, 나만 아프고, 나만 다쳤고, 나만 번아웃에 우울증을 겪는 것만 같다. 그러니까 자신이 마주한 마음과 현실을 숨기고 싶어 한다. 좋은 모습을 꾸며내서라도 보여주려고 한다.

하지만 완벽하게 보이려는 노력이 계속되면 모든 일에 괜찮은 척 연기하며 자기도 모르게 가면을 쓰게 된다. 그렇게 애써 꾸민 모습은 일시적으로는 다른 사람들에게 좋은 인상을 줄 수 있지만, 결국 마음속에서는 공허함과 가식이 자라난다. 게다가 아무리 멋지고 성공적인 모습을 보여도 그런 사람은 마치 자신과는 너무나 동떨어진, 닿을 수 없는 존재처럼 느껴져서 사람들과 친밀감을 형성하기 어렵다. 반면, 실수하고 약점을 드러낼 때 우리는 그 모습을 보고 '너도 나와 같구나' 생각하며 마음이 열린다. 오히려 거리가 가까워지는 느낌까지 받는다. 연약함을 인정하고 드러내는 순간, 우리는 그 안에서 진정성과 용기를 발견하며 그 사람을 응원하게 된다.

완벽함이 아니라 불완전함을 품고 살아가는 사람들에게서는 진정한 아름다움을 발견할 수 있다. 아픔을 껴안고 두려움과 상처를 감추지 않으며 보여주는 용기만으로도 깊은 감동을 받는 것이다. 마음속으로 격려하고 지지하게 되는 것은 물론이다. 나는 그래서 늘 자기소개를 할 때 당당하고도 자신감 있게 '실어증 환자'임을 밝힌다.

2부

무섭고 힘들어도 해피 치즈 스마일

용기는 얻는 것이 아니라
주는 것

왼쪽 머리뼈가 없다는 사실을 받아들이고 좌절의 나락으로 떨어지지 않기 위해 필사적으로 노력했다. 그러다가도 혼자 거울을 보거나 늦은 밤 잠이 오지 않을 때, 머리가 너무 아플 때마다 머리뼈가 없는 그 모습이 실감 나지 않았다. 구멍 난 풍선처럼 머리가 줄어드는 기분이었다. 다음 수술은 괜찮을까? 원래 내 모습을 되찾을 수 있을까? 하루종일 이렇게나 뇌를 쿡쿡 찌르는 고통이 과연 나아질까? 그럴 때마다 어떻게든 위로받고 싶어서, 용기를 얻고 싶어서 검색에 검색을 거듭했다. 나처럼 머리뼈가 없는 사람을 블로그와 인스타그램, 유튜브에서 찾고 또 찾았다. 나처럼 머리를 다쳤어도 꿋꿋이 잘 살아가는 누군가의 모습을 보면 나도 괜찮아질 수 있을 것만 같았기 때문이다. 그런데 단 한 명도 찾을 수 없었다. 의사가 개두술을 설명하는 장면에서도 AI 그림만 나왔다. 주치의 선생님의 설명에 따르면 나처럼 다친 사람이 꽤 있는 걸로 아는데 도통 볼 수가 없었다. 가만 생각해 보니 있다고 하더라도 이런 모습을 공개하는 게 쉽지는 않을 터였다. 동시에 '그렇다면… 내가 용기 내서 영상을 올려볼까?'라는 생각이 들었다.

나와 비슷한 경험을 한 사람들을 만나 에너지와 응원을 주고받고 싶었다. 하지만 바로 영상 촬영을 시작하기가 쉽지 않았다. 실제로 머리통을 휘갈기듯 매일 매 순간 계속 아팠고, 나는 머리가 예민하고 저릿저릿하다는 핑계로 더 깊은 고민을 이어가지 못했다.

그 와중에 박위 님에게서 전화가 왔다. 박위 님은 병문안을 가도 되겠느냐고 물어보았다. 남편은 유튜브 〈위라클〉의 크리에이터인 박위 님의 군대 후임이자 친한 동생이다. 전역한 이후에도 두 사람은 종종 만나며 친구로 지냈다.

남편과 박위 님이 군대에 있을 때, 보통 군대에서는 간부
와 얘기도 잘 안 하려고 하는데 박위 님은 간부에게 주말
에는 뭐 하시느냐며 질문했단다. 평소에는 무섭고 말수도
적은 간부였지만 그 질문에 경쾌하게 대화를 이어갔다고
한다.

박위 님은 어디에서나 대화를 먼저 이끌어가는 사람이었
다. 전역 이후 당당하게 사회에 발걸음을 내디딘 그는 외
국계 패션회사의 인턴사원에서 정직원으로 전환되는 기
쁨을 맞았다. 친구들과 함께 빛나는 앞날을 축하하던 바로
그날, 불의의 사고로 건물 2층 높이에서 떨어져 경추가 골
절되었고 전신마비 판정을 받았다.

> "병문안을 가는데 긴장할 수밖에 없었어. 너무 걱정되
> 면서도 어떻게 위로할 수 있을지 감도 잡히지 않았거
> 든. 그런데… 형은 누워서도 밝게 웃으면서 유쾌한 농
> 담을 하는 거야. 병실에서 나오는데 내가 웃고 있더라
> 고. 형은 정말 굳센 사람이야."

박위 님을 만나자마자 나는 굳센 사람이라는 그 말과 의

미를 바로 간파할 수 있었다. 우리는 함께 한강을 산책하며, 거창한 꿈과 목표가 아닌 서로의 일상을 나누었다. 활력이 넘치며 사소한 일에도 잘 웃는 박위 님은 내 기분까지 들뜨게 해주었다. 휠체어를 타고 있을 뿐, 박위 님은 우리보다 더 당당하게 걷고 뛰어다니는 것 같았다. 나는 그날 박위 님에게 반했고 형님이라고 불러도 되냐고 물어보았다.

이후 박위 형님은 나와 남편의 결혼식에서 사회를 봐주었다. 10년 동안 근무했던 승무원을 그만두고 나서도 내가 조금이라도 적적할까 봐 인터뷰 요청을 해주었고, 덕분에 유튜브 〈위라클〉에도 나갈 수 있었다.

나는 국민은행에 입사했지만 적성에 맞지 않아 10개월 만에 퇴사했고 취업 준비생들을 위한 면접 컨설팅을 시작했다. 그리고 조금이라도 보답하기 위해 형님이 유니세프와 함께하는 행사에 스태프로 참여하며 수강생들과 함께 봉사활동을 이어갔다.

내가 다치기 전인 2023년 12월에는 송별회로 알찬 시간을 보내기도 했다. 그러다 순식간에 환자가 된 나였다. 아침부터 늦은 오후까지 치료를 받으며 힘겨웠던 나는 친구

들의 병문안을 모두 거절했다. 욱신거리는 머릿속의 고통
이 갈수록 심해지기도 했지만, 누군가를 만나고 싶은 마
음이 좀처럼 생기지 않았다. 하지만 형님은 당장이라도
보고 싶었다. 환자로서의 아픔과 고통을 이겨낸 위라클
형님이 보고 싶었던 것 같다. 형님은 바로 달려와 나를 보
며 말했다.

"은빈아, 유튜브 지금 다시 시작해."

"네? 그렇지 않아도 용기를 얻고 싶어서 찾아봤는데
저 같은 사람은 없던데요?"

"은빈아, 위로를 받으려고, 용기를 얻으려고, 도움을
받으려고 기다리기만 하는 게 전부는 아니야. 네가 먼
저 다가가면 너에게 더 큰 용기와 힘과 에너지가 돌아
올 거야. 지금 이 모든 시간을 기억하고 남겨야 해. 너
어차피 다 나을 거잖아? 건강해질 거잖아. 그러니까
아프고 힘든 지금 이 순간을 기록해. 그러면 더 큰 힘
을 얻을 수 있어. 나는 병원에 있을 때 사진과 영상을
별로 남기지 못했어. 그래서 되게 아쉬워. 가족들에게
도움을 받았던 그 시기를 모두 다 기록으로 남겼어야

했는데 말이야. 너는 지금부터 다 찍어. 유튜브도 지금
이 시작이야! 어떤 기회가 찾아올지 몰라."

박위 형님은 장애를 겪으며 휠체어를 타고 있는 사람들이
세상 밖으로 나올 수 있게 유튜브를 통해 꾸준히 도와주고
있었다. 장애와 비장애를 구분 짓지 않도록 사회적 인식
을 개선하면서도, 누구보다 먼저 앞으로 나아가며 사람들
을 이끌어가는 위라클 형님의 마인드가 새삼스럽게 가슴
깊이 와닿았다. 형님은 용기를 얻으려고만 하지 말고 먼저
용기를 내라고 말했지만, 나는 그날 위라클 형님으로부터
용기를 얻었다.

> ❈   위로를 받으려고, 용기를 얻으려고, 도움을 받으려고
>   기다리지 말고 네가 먼저 다가가. 그러면 너에게 더
>   큰 용기와 힘과 에너지가 돌아올 거야.

돌이켜보니 나 역시 다치기 전에는 늘 먼저 다가가는 사람
이었다. 10년 동안 승무원으로 일하면서 기내에서 승객들
을 마주할 때마다 "안녕하세요, 안녕히 가세요, 기내식입

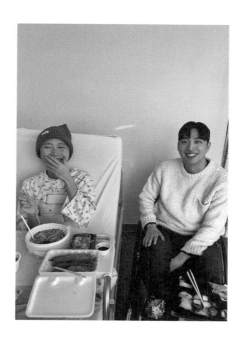

니다, 맛있게 드세요"라고 인사했다. 그리고 나는 승객들에게 질문했다.

"비행기에서 궁금한 거 없어요? 갤리, 그러니까 주방 구경시켜 드릴까요?"

특히 어린아이가 비행기에 탑승하면 꼭 물어봤다.

"승무원이라는 직업에 관심 있나요? 승무원 앞치마 한 번 입어볼래요? 입고 나랑 사진 찍을 사람? 아니면 기장님이랑 사진 찍고 싶은 사람 계실까요?"

하도 질문을 하니까 쭈뼛쭈뼛 앉아 있던 어린아이가 벌떡 일어나서 다가왔다. 그럼 나는 기장님에게 인터콜로 전화해 "기장님, 오늘 착륙하고 사진 찍어줄 수 있는 어린 친구들 두 명 있는데 가능하시죠?"라고 물었다. 싫다는 기장님은 없었다. 비행기가 착륙하고 다른 승객분들이 다 내릴 때까지 어린아이들과 끝까지 남아서 기다렸다가 기장님과 사진을 찍어줬다. 아이들은 무척 좋아했다. 신기한 건 그 어린 친구들이 칭찬 카드를 많이 써준 것이다. 덕분에 나는 승객에게 다가서는 태도가 색다른 승무원으로 인정받게 되었다.

나는 승무원일 때부터 편견 없이 사람들에게 다가갈 수 있는 사람이었다는 걸 다시금 깨달았다. 인생에 거창한 의미는 없다. 먼저 다가가는 것, 서로에게 잊을 수 없는 사람이 되는 것, 그게 나의 가장 큰 장점이자 나 자신이었다. 그때부터 병원에서 사진과 영상을 찍기 시작했다. 유튜브로 내 모습을 숨김없이 드러내며 나처럼 머리를 다친 사람, 뇌손상을 겪게 된 사람들을 만나야겠다고 다짐했다.

채널명 '우자까',
유튜브라는 거친 정글로 다이빙

다치기 전부터 SNS를 즐겨 했을 것 같지만 전혀 그렇지 않았다. 처음부터 SNS에 얼굴을 공개하는 게 쉽지 않았다. 블로그와 브런치, 인스타그램과 유튜브까지 관리하는 건 묘한 감정이 오락가락하는 시도이자 도전이었다. 명확히 짚고 넘어가자면, 나는 승무원일 때부터 블로그를 운영했다. 하지만 비행을 할 때는 그저 비행만으로도 즐거웠던 나였기에 꾸준히 블로그를 운영할 시간은 없었다. 누군가는 1년에 한 번도 가기 어려운 해외를 한 달에 네다섯 번씩

이나 다녀왔으니 말이다. 한 번은 비행 스케줄이 미국 뉴욕행으로 가득해서 한 달에 세 번이나 뉴욕에 다녀왔다.

승무원의 일상이란 이번 주에는 방콕에 가서 팟타이를 먹으며 마사지를 받고, 다음 주에는 인도에서 카레를 먹고, 다다음 주에는 워싱턴에서 산책하는, 말 그대로 세상을 누비는 것이 일상이자 삶이었다.

물론 비행이 곧 나의 업무이기에 한국 시간으로 밤 10시에 출근해 밤을 꼬박 새우기도 하고 12시간 동안 날아가는 장거리 비행에서는 승객들이 앉아서 쉬고 잘 때에도 발목이 부어오를 때까지 쉬지 않고 걸으며 승객들을 돌보았다. 무척이나 피로하기도 했지만 친구들은 부러워만 하니 별다른 투정을 할 수는 없었다. 그렇게 3년 동안 아무 생각 없이 캐리어를 끌고 이 나라 저 나라로 비행만 했다.

쉬는 날이었던 어느 날, 만나기로 한 친구가 늦어서 근처에 있는 서점에 방문했다. 무심코 둘러보다가 한 코너에서 걸음을 멈출 수밖에 없었다. 그날따라 유독 직업이 들어간 제목이 눈에 띄었기 때문이다. 의사와 간호사, 소방관부터 대리기사, 경비원, 청소부까지. 나는 저자 소개부터 시작해 책의 프롤로그와 에필로그까지 단숨에 읽어 내려갔다. 특히 경비원과 청소부는 매일같이 세계 각국 호텔에서도 마주쳤던 사람들이었는데, 책을 읽자마자 순식간에 그들을 바라보는 시선이 달라졌다는 걸 느꼈다.

그때 알게 되었다. 내가 어떻게 기록하느냐, 그 기록을 어떻게 전달하느냐에 따라 누군가가 나를 바라보는 시선도 달라진다는 것을. 하나의 직업을 가진 사람이 일하면서 경험한 이야기와 생각을 글로 쓰고, 그 글을 모아 책을 내며 많은 사람의 마음까지 이렇게 울리다니. 너무나 멋있어 보이면서도 한편으로는 부러웠다.

3년 동안 많은 나라를 다녀왔지만 그 일상이나 감동을 기록하지 않았으니 제대로 기억나지 않는다는 것 또한 깨닫게 되었다. 그때부터 무작정 기록하기 시작했다. 바쁘고 피곤하다는 핑계로 승객들을 더 잘 챙기지 못한 날이면 반성하는 마음으로 글을 썼다. 간혹 마주하는 진상 승객에게는 분노하는 심정을 겉으로 드러내지 못하니 글을 통해 쏟아냈다.

원래는 비행이 끝나고 호텔에 가면 바로 뻗어버렸는데, 본받을 만한 선후배의 모습을 잊고 싶지 않아 침대에 누워 메모하다 잠들곤 했다. 그렇게 남긴 기록을 블로그에 올리자 댓글이 달리기 시작했다. 승무원의 진솔한 이야기를 더 듣고 싶다는 댓글이었다. 누군가가 내 이야기를 들어준다니, 나도 모르게 입가가 씰룩씰룩했다.

점점 더 많은 사람에게 나의 이야기를 전달하고 싶었다. 친구들은 인스타그램을 추천해 주었다. 하지만 인스타그램에 사진이나 영상을 올릴 용기가 나지 않아 웹툰을 생각해 보았다. '긴 글을 짤막한 웹툰으로 그린다면 오히려 더 편안하고 재미있게 읽을 수 있지 않을까?' 웹툰을 배운 적도 없지만 우선 아이패드를 사서 다짜고짜 그림부터 그렸다. 서툴기 짝이 없는 첫 도전의 결과물인 웹툰은 실소를 자아냈지만, 점점 그림 그리는 솜씨가 늘어났다. 그렇게 나는 나만의 그림으로 일상 기록을 이어갔다.

그 와중에도 얼굴을 올리는 건 여전히 두려웠다. 요즘 사람들은 가볍게 얼굴도 공개하고 게시글도 매일 올리는데 나는 뭐가 그렇게 어려운지 1년 내내 얼굴 한 번 드러내지 못하고 고민만 하던 중 한 강의를 들으러 갔다. 당당하면서도 편안하게 자신의 모습을 보여주는 윤수빈 작가이자 인플루언서 유어셀린의 강연이었다. 질문 시간에 물어보았다.

"영상 촬영을 해보고 싶은데요, 혹시 얼굴이 보정되는
앱이나 포토샵으로 수정해서 영상을 올려도 되나요?"

수빈 님은 마음을 어루만지는 듯한 미소로, 조용히 그러나
힘있게 말했다. 온전히 자기 자신으로 존재하는 것보다 더
매력적인 것은 없다고 말이다. 강연을 들으며 끄적거렸던
노트에 두 문장을 추가했다.

"있는 그대로의 나로 존재하자. 아는 거랑 하는 거랑
천지 차이."

이제는 해야 할 때가 왔다고 생각했다. 다음 날, 눈 딱 감고
영상을 촬영했다. 세련된 스튜디오에서 고급 카메라로 찍
은 것도 아니다. 방에서 핸드폰으로 촬영했고 용기 내어 올
렸다. 영상을 올리는 날에는 너무나 두근거렸지만 며칠 내
내 별 반응이 없자 오히려 속이 후련했다. 점차 구독자들로
부터 꿀팁을 알려줘서 고맙다는 댓글이 달리기 시작했다.
진심을 담은 댓글이 쏟아지며 첫 번째 영상의 조회수는
75만을 넘어섰다. 나는 도리어 부끄러워졌다. 예쁘고 안

예쁘고, 멋있고 안 멋있고가 중요한 게 아니라 내가 어떤 이야기로 무슨 도움을 주는지가 더 중요한 것이었다. 하지만 나는 전하고자 하는 말과 마음보다 어떻게 보일지를 먼저 생각했다. 자신의 생각과 가치를 전달하는 게 그 무엇보다 귀중하다는 걸 알게 된 나는 그때부터 매일같이 사진과 영상을 촬영한 다음 편집해서 올렸다. 촬영 전 원고 작성은 식은 죽 먹기였다. 그간 쌓아둔 기록이 넘쳐났기 때문이다. 승무원으로 일했을 때부터 기록을 시작해서 1000줄, 만 줄의 메모가 있었다. 워낙 많아서 정확히 몇 줄인지도 모른다.

반면, 나와 똑같이 승무원으로 10년을 일했던 동기는 자신만의 이야기를 담은 한 줄이, 단 한 줄이 없었다. 여전히 비행을 하지만 요즘 비행은 어떠냐고 물어봐도 "힘들긴 한데… 뭐 별일 없어"라는 한마디로 끝난다. 분명 고생했던 하루가 있고 즐거웠던 하루가 있을 텐데, 머릿속에만 있을 뿐 그날의 경험과 과정을 남기지 않았기 때문에 그저 한마디로 끝나버렸다. 그렇게 시간이 지나간다면 기억 속의 모습을 구체적으로 떠올릴 수조차 없게 된다.

흔히 매일이 똑같다고 한다. 정말 그럴까? 매일 똑같은 날

씨, 똑같은 생각과 말, 똑같은 마음일까? 사실은 매일, 그리고 매 순간이 다른 게 삶의 모습이다. 그렇기에 오늘은 어떤 경험을 했고, 어떠한 고난과 마음을 거쳐왔는지를 정확히 인지하려면 기록으로 남겨야 한다.

> ✤ 예쁘고 안 예쁘고, 멋있고 안 멋있고가 중요한 게 아니라 내가 어떤 이야기로 무슨 도움을 주는지가 더 중요하다. 내가 어떻게 보일지보다 내 생각과 가치를 전달하는 게 그 무엇보다 소중하다.

병원에서 아빠가 가지고 온 일기를 하나하나 읽기 전에는 나 또한 지난 내 모습이 생생하게 떠오르지 않았다. 일기장에는 10년 동안 해왔던 비행을 그만둔 이후 은행으로 이직했지만 적성에 맞지 않아 10개월 만에 그만두게 된 날까지 모두 글과 그림, 나만의 기록으로 남아 있었다. 일기를 쓰지 않았다면 나도 기록하지 않는 다른 사람처럼 똑같이 말했을 거다. "나랑 잘 안 맞아서 그만뒀어"라는 한마디가 끝이었을 텐데, 일기를 보며 확실히 알게 되었다. 무엇이 힘들었는지, 어떤 상사가 나를 괴롭혔는지, 내가 왜 상처를 받았는지 다 기록으로 남아 있었다. 그럼에도 불구하고 은행원으로 근무하며 좋았던 점이 뭐냐고 묻는다면 그때 그 시절을 그대로 전달할 수도 있다. 그 기록은 그날의 점심시간에, 근무를 마치고 집으로 돌아가는 길에 버스나 전철에서 끄적끄적 남긴 거였다. 덕분에 지금도 유튜브 영상이나 쇼츠로 그때 그 시절을 그대로 전달할 수 있다.

기록하지 않았다면 '입사-퇴사'로 끝났을지도 모른다. 회사 를 20년, 30년 동안 다니더라도 기록하지 않는다면 역시 '입사-퇴사'가 끝이다. 내가 기록하지 않았던 중고등학교와 대학교 시절은 '입학-졸업'으로 끝났다. 하지만 뒤늦게 시작한 기록으로 승무원과 은행원 경력은 수천, 수만 줄로 남아 있다.

작가로서 글을 쓰며 고민하던 시간, 강사로서 강의를 준비하며 쌓아간 나날 모두 기록으로 고스란히 남아 있다. 누가 뭘 물어도 낱낱이 다 얘기해 줄 수 있기에 자신감이 넘쳤다. 시간이 지날수록 이 기록은 빛을 발할 것이다. 다친 이후 지난 일기장을 들여다보며 다시 한번 깨닫게 되었다. 내 삶을 기록하지 않으면 언젠가는 '입학-졸업', '입사-퇴사'가 아니라, '태어남-죽음' 이 한마디로 남게 되진 않을

지, 그렇다면 너무나 허무하고 무의미하진 않을지 말이다. 재활치료가 없는 일요일에 일기장을 하나하나 들여다보며 다시 기록을 시작해야 한다는 것을 깨달았다. 단어가 떠오르지 않기에 글을 쓸 자신은 없지만 뭐라도 남겨야 했다. 머리뼈가 찌그러진 모습을 받아들이기 힘들어도 있는 그대로의 모습을 인정하고 받아들여야 했다. 그렇게 병원에서의 하루하루를 빠짐없이 사진과 영상으로 남기기 시작했다. '이 순간도 살아 있는 나니까. 남겨야 해.' 링거를 맞으며 누워 있는 모습, 멍한 눈으로 천장을 바라보는 순간, 산책하며 바깥 공기를 마시던 장면까지. 아침부터 초저녁까지의 치료 후 힘겨워서 침대에 누워 있을 수밖에 없는 날에는 엄마에게 부탁했다.

"엄마, 지금 나 이렇게 아픈 것도 카메라로 빨리 찍어
줘. 나중에 꼭 나아서 이 과정부터 이겨낸 모습까지 다
보여줄 거니까. 어서 찍어."

아픔은 지나가지만, 기록은 남는다. 나는 그 믿음 하나로 나만의 시간을 담아냈다. 그렇게 유튜브를 시작하게 되었다.

때때로 긍정의 힘만으로는
부족하지만

'머리뼈가 없고 언어장애가 생겼지만 행복한 이유'라는 제목으로 내 모습을 온전히 보여주는 영상을 올렸다. 말을 제법 잘하는 것처럼 보이지만, 원고를 보면서 한 문장 말하고, 또 원고를 본 다음 한 문장을 말했다. 원고를 간신히 훑어보는 모습을 다 편집했기에 영상의 흐름과 말하는 능력이 매끄럽게 보일 뿐이다. 영상을 올린 뒤에도 매일 치료를 받고 언어 공부를 해야 했기에 반응을 자세히 살필 수는 없었다.

나처럼 머리뼈가 일부 비어 있거나 뇌출혈, 뇌부종 등 뇌 손상으로 힘들고 아픈 시기를 보내고 있을 누군가를 만나고 싶었지만, 댓글을 하나하나 읽어보기가 조금 두려웠다. 머리가 찌그러진 거울 속 내 모습은 볼 때마다 익숙해지지 않았고, 나조차도 쉽게 받아들이기 어려웠다. 유튜브나 SNS에서도 나와 같은 모습을 찾아볼 수 없었기에 혹시나 악플이 달릴까 봐 무서웠다.

영상을 올린 지 10일째 되던 날, 가족들이 뉴스를 보고 깜짝 놀랐다. 수많은 뉴스에서 나를 기사화한 것이다. 고통과 아픔에 얽매이기보다 낙관적인 태도로 많은 사람에게 영감을 주고 있다는 내용으로 해외 매체에서도 기사화되었다. 한 동영상은 조회수가 209만을 넘었고, 쇼츠는 491만까지 달성했다. 2023년 10월부터 시작한 유튜브인데 1년 반 정도 된 지금의 누적 조회수는 5300만이다. 두개골 복원수술로 머리뼈를 채워 넣는 과정까지 담아서 공개한 동영상과 쇼츠에는 2만 개 이상의 댓글이 달렸다.

"100권의 좋은 책보다 당신의 삶이 더 깊은 메시지로 다가옵니다. 존경합니다."

"동정심은 보내지 않겠습니다. 용감하십니다. 이런 마음이면 충분히 이겨낼 수 있을 거예요. 힘내세요. 진심으로 응원하겠습니다. 당신은 자신을 이겨낼 수 있는 충분한 용기와 자존감을 가진 분이에요. 이 영상이 또 다른 사고로 고통받는 사람들에게 희망이 될 거라 믿습니다."

나를 응원하는 많은 댓글과 뇌수술을 한 환자나 환자의 가족과 친구들의 댓글을 보며, 나보다 더 심하게 다친 사람들의 이야기를 마주했고, 다시 한번 삶과 죽음의 의미를 생각했다. 동시에 나보다 더 아픈 사람 앞에서도 사람은 자신의 아픔을 가장 크게 느낄 수밖에 없음을 새삼 느꼈다. 그 와중에도 악플을 보면서 나는 왜 또 그렇게 나약해졌던 걸까. 일부러 상처를 주려는 듯한 악플에 꿈쩍할 수 없는 기분이었다.

"보기 역겨우니까 영상 만들어서 올리지 좀 마라."
"머리 없는 거 진짜 징그러운데?"
"얼굴이나 가려라. 일종의 폭력이다."

악플을 보면 삭제하지만 지금도 여전히 악플이 달린다. 악플에 익숙해지나 싶다가도 때로는 모든 게 내 잘못만 같다. 생각이 자꾸 나쁜 쪽으로 빠지며 고개를 숙일 때도 있다. 답답한 마음을 어찌할 수 없을 때는 복잡한 심경을 털어놓아야 한다는 걸 알기에 가족과 친구들에게 악플을 보여주며 숨을 거칠게 내쉬었다. 친구들은 신경 쓰지 말라고, 미친놈들이라고 나 대신 시원하게 욕해주었다.

엄마는 "아이고, 관심 가져줘서 고맙구만? 조회수 올려줘서 고맙다고 생각혀! 나 같으면 귀찮아서 악플도 안 단다!"라고 말했다. 악플을 무시하라던 남편은 '일어나 보니 내 머리 반쪽이 사라졌다'라는 제목으로 올라온 스브스뉴스 인터뷰 영상이 조회수 283만을 달성하며 악플이 달리자 밤 11시까지 읽어보더니 담당 PD에게 전화하라고 말했다. 악플 좀 지워달라고 하라는 것이었다. 나는 오히려 "악플 무시하라고 했잖아?"라며 되물었다.

며칠 전에는 아예 "죽으삼"이라는 악플이 달렸다. 악플을 보자마자 '또 악플이네?' 가볍게 생각하며 넘기려고 했다. 그런데 죽다 살아난 나에게 다시 죽으라니. 가슴이 싸늘해졌다. 나는 바로 방문을 열고 나가 거실에서 TV를 보며 발

톱을 깎고 있던 엄마를 향해 말했다.

"엄마, 또 악플 달렸어. 죽으삼이래. 나보고 죽으래."

엄마는 허허허 소리를 내며 유난히 크게 웃었다. 그리고 참으로 간단하게 악플을 되받아쳤다.

"그래? 너나 죽으삼. 죽는 게 그리 쉽나? 그러면 너나 죽으삼!"

나도 모르게 웃음을 터뜨리고 말았다. 엄마도 웃으며 말했다.

"그냥 웃어. 악플 그거 그냥 말이고 글뿐이지 아무 뜻도 없어. 다 생겼다가 없어져. 없어지는 거야."

나는 다음부터 엄마와 같이 악플을 보겠다고 말했다. 엄마는 훗 하고 웃으며 그러자고 했다. 악플보다 웃음이 세다는 걸, 말보다 사랑이 더 크다는 걸 알게 되었다.

기꺼이 미움받을
용기를 배우다

나는 겉으로 보기에는 밝고 긍정적이며 힘차 보이지만 악플 때문에 한 번씩 찜찜한 기분이 들어 몸을 누이고 쉬어야 했다. 시간이 지나면 무뎌질 거라고 스스로에게 되뇌었다. 매일 언어치료를 받으며 언어 학습과 단어 공부를 하고 있으니 어떻게 보면 악플도 언어 공부라고 생각하기 위해 노력했다. 어느 날 언어치료를 시작하기 전에 인사를 나누다가 이재웅 언어치료사가 조심스럽게 물었다.

"은빈 님, 오늘 조금 우울해 보이는데 무슨 일 있는지 물어봐도 될까요?"

"아, 악플 때문에 조금 힘들어서요."

나는 이재웅 언어치료사가 뭐라고 말할지 이미 알기에 언어치료 워크북을 뒤적이며 한마디로 대답했다. 악플을 쓰는 사람들이 이상한 사람들이라고 말하며 그 순간을 넘길 줄 알았다. 그리고 그런 위로만으로도 충분하다고 생각했다. 그는 잠시 쉬었다가 나지막하지만 고요한 광장에서 말하듯 넓게 퍼지는 목소리로 말했다.

"저도 은빈 님 영상에 달리는 악플을 우연히 보게 되었는데요. 계속 생각이 나더라고요. 처음 알았어요. 악플이 이렇게 사람의 마음을 앗아가는구나. 그럼 어떻게 해야 할까도 생각했어요. 『미움받을 용기』라는 책 제목처럼, 미움받을 용기를 내는 게 보통 어려운 게 아닐 것 같아요. 저도 한번 고민해 볼게요."

이재웅 언어치료사는 고민해 본다고 말했다. 나와 함께 고민해 보겠다고 하다니. 그는 어떤 깨달음을 주거나 가르치려고 하지 않았다. 얼떨떨했다. 내 일이고, 내 문제고, 내가 이겨내야 할 일이라고 생각했는데, 고민하겠다니…. 나는 슬쩍 웃으며 그 유명한 『미움받을 용기』도 한 번 읽어보겠다고 말했다. 그리고 진짜 읽었다.

하루는 이재웅 언어치료사에게 여전히 나를 간호하는 부모님에 관한 이야기를 했다. 퇴원했지만 매일 치료를 받으러 병원에 다녀야 했기에 부모님이 시골에서 올라와 같이 살게 되었다. 앞으로 평생 약을 많이도 먹어야 하기에 혹시 모를 후유증이 있을 수도 있고 혼자 있을 때 경련이 심하게 발생하면 위험하기 때문에 1년 정도 함께 살기로 한 것이다.

엄마는 내가 사망할 수도 있다는 전화에 곧바로 버스를 타고 서울로 왔다. 버스에서 네 시간 동안 딸 대신 목숨을 바치겠다고 기도했다. 수술한 다음 날, 엄마와 아빠는 의사와 면담을 가졌다.

"인지장애, 언어장애로 따님은 다시 어린아이가 되었다고 생각하시길 바랍니다. 추후 더 살펴봐야겠지만,

청각장애로 듣지 못하게 되면 말 자체를 안 하게 될 겁니다. 그러다 보면 자연스럽게 언어장애인이 되는 거고요."

엄마는 진료실에서 나오자마자 아빠에게 말했다.

"우리 은빈이 데리고 시골로 내려가자. 사위 힘들게 하지 말고."

엄마는 갑작스럽게 다쳐 바보가 된 딸을 멀쩡하고 창창한 사위에게 맡길 수 없다고 생각했다. 그래서 공기 좋고 맑은 시골에 나를 데려가려 했던 것이다. 아빠도 그렇게 하자고 말했다. 경치 좋고 꽃밭이 넓은 시골에서 내가 "나비야"를 외치며 즐겁게 살기 좋을 거라고. 그 와중에도 엄마는 걱정했다고 한다. "그런데 시골에서 세월 보내다가 우리가 딸보다 먼저 죽으면 어떡하지? 우리도 건강하게 살자! 여보! 운동하자, 운동!"

회사 점심시간에 밥도 안 먹고 병원으로 찾아온 남편은 엄마와 아빠의 대화를 듣게 되었고, 남편도 같이 시골로 가서 일하겠다고 했다. 엄마와 아빠, 남편은 서로에게 가까이 다가가며 무기력해지지 않도록 노력했다. 자꾸만 미안해하는 나에게 엄마는 나를 시골로 데려가지 않는 것만으로도 다행이라고, 덕분에 하나도 안 힘들다고 말했다.

❈   자신만의 상심과 고충에 괴로워하는 사람에게 섣불리 조언하기보다 때로는 같이 고민해 보겠다고 말하는 건 어떨까. 힘든 순간에도 함께하겠다고 공감하는 건 어떨까.

내 얘기를 듣던 언어치료사는 갑자기 눈물을 흘리며 휴지를 꺼내 들었다. 나는 또 웃을 수밖에 없었다. "울지 마세요"라고 말하며 내가 그를 위로하는 모습이 너무 웃겼다. 그의 눈물 앞에서 어느새 이렇게 말하고 있었다.

"이제 제가 부모님을 웃게 해드려야죠. 사람의 마음을 움직이는 건 사람이니까요. 가슴이 텅 비어버리게 만드는 것도 사람, 마음을 든든하게 채워주는 것도 사람이잖아요."

이재웅 언어치료사는 비밀스러운 미소를 지으며 고개를 끄덕였다. 나는 문득 생각보다 더 그에게 의지하고 있음을 느꼈다. 구박하는 듯한 말투와 표정으로 나를 대하던 이전의 언어치료사 앞에서는 나의 언어를 평가하고 있다는 느낌에 쉽게 입이 떨어지지 않았다. 그는 지상에서 지하에 있는 나를 내려다보는 느낌이었다. 반면 이재웅 언어치료사는 지하에 있는 나를 보고 지하로 내려왔다. 때로는 그보다 더 밑에 있어도 함께 내려와 주었다. 이재웅 언어치료사는 아래에서 위로 나를 올려주었다.

그는 내가 강연 준비를 할 때도 남다른 피드백을 주었다. 〈세바시〉 강연 준비를 위해 가족, 친구, 이재웅 언어치료사 앞에서 15분 동안 실제 강연인 것처럼 자세를 취하며 연습했다. 한 친구는 나를 도와주려고 한 것이었겠지만, 피드백부터 늘어놓았다. "혹시 나 잘한 건 없어?"라고 물어보자 "그나마 연기한 거?"라고 말했다. 나는 친구와 헤어지고 나서 참고 참다가 결국 울어버렸다.

〈세바시〉 촬영 날, 가족들이 내가 제일 잘했다고 칭찬해도 믿지 못하며 "이제 솔직하게 말해도 돼. 부족했던 건 뭐야?"라고 되물었다. 내가 얼마나 못했으면 나를 위로하려고 칭찬해 주는 걸까 생각했다. 한 달 뒤 〈세바시〉 동영상을 본 뒤에야 나름 잘했다고 안심할 수 있었다. 그제야 내가 강연 연습을 했을 때 "브라보!"라고 외치던 이재웅 언어치료사가 떠올랐다.

그의 앞에서는 용기를 내고 힘이 강해졌던 나였다. 내가 하고 싶은 말을 거침없이 할 수 있었다. 그러다가도 누군가가 툭 내뱉는 지적과 조언 앞에서 바짝 쪼그라들었다.

유퀴즈에 인터뷰이로 등장했던 한 Z세대 초등학생이 잔소리와 충고에 대해 "잔소리는 왠지 모르게 기분 나쁜데, 충고는 더 기분 나빠요! 난 나야, 넌 너고."라고 말한 적 있다. 그걸 알기에 그는 언어치료사지만 조언이나 충고를 하지 않았던 걸까. 어떤 때는 마치 심리상담사인 것처럼 경청하며 나의 마음까지 잡아주었던 걸까. 이번 영상은 조회수도 낮은데 악플까지 달렸다고 움츠러들 때면 본인은 유튜브를 시작해 보지도 못했다고, 엄두도 안 난다며 무작정 시도하고 도전하는 나는 멋진 사람이라며 띄워줬던 걸까. 이재웅 언어치료사 덕택에 내가 무심코 이리저리 흔들리던 때도 언제나 중심에는 '나'라는 사람이 있었다.

지금도 내가 미처 발견하지 못한 악플이 더 있을 거다. 내가 받은 악플보다 더 심한 악플을 받은 크리에이터도 많을 터이다. 외롭고 적적한 건 물론 자기 자신만의 상심과 고충에 괴로워하는 사람은 더 많을 것이다. 만약 우리가 그런 사람과 마주하게 된다면 무엇을 해줘야 할까. 꼭 무언가를 말해야 하는 건 아닐지도 모른다. 섣불리 조언하지 않아도 괜찮다. 어쩌면 가장 필요한 건, "같이 고민해 볼게요"라는 문장 하나일지도 모른다. 위태롭고도 절실한 그 순간에 함께 울고 함께 웃으며 가만히 옆에 있어주는 것. 그것만으로도 누군가는 버텨낼 수 있다.

쓰디쓴 악플 끝에
소중한 인연이 온다

우자까 님, 안녕하세요. 제 딸은 뇌수막염 후유증으로 난치성 뇌전증을 앓게 되었어요. 그 후 사람을 만나는 걸 두려워해서 12년 가까이 집에만 있어요. 우리 딸이 우자까 님과의 대화를 통해 세상으로 나올 수 있는 용기를 얻었으면 합니다. 무례한 부탁이라면 용서하세요. 하지만 우자까 님을 만날 수 있다면 밖으로 나가보겠다고 했어요. 꼭 뵙고 싶은 마음만은 진심입니다.

DM을 확인하고 바로 메시지를 보냈다.

～～～～～～～～～～～～～～～～～～～～～～～～～～～～

긴 시간 동안 따님과 가족분들께서 얼마나 힘드셨을지 감히
알 수 없지만, 저도 응원하고 기도하는 마음으로 조금이나마
도움이 되고 싶습니다. 010-0000-0000 제 번호입니다. 언
제든지 전화 주셔도 됩니다.

～～～～～～～～～～～～～～～～～～～～～～～～～～～～

그렇게 DM을 보낸 어머님과 전화 통화를 했다. 따님은 집
에서 자는 동안 헤르페스 바이러스로 뇌손상을 입은 경우
였다. 헤르페스 바이러스는 포진과 홍반이 일어나는 흔한
바이러스 질환으로, 스트레스나 면역력 저하 등의 요인으
로 활성화된다. 바이러스에 감염되면 짧은 시간 동안 주로
입술 주위, 코, 뺨, 턱에 병변이 나타나며 대부분은 별다른
증상 없이 지나간다. 하지만 따님은 헤르페스 바이러스가
뇌에 염증을 일으켜 헤르페스 바이러스 뇌수막염을 앓았
고 중추신경계와 뇌의 기억중추인 해마에 손상을 입었다.
자고 일어나야 했는데, 일어날 수가 없었다. 두 달을 중환

자실에 있었으며 의사로부터 깨어나지 못할 거라는 말까지 들었다.

매일 중환자실로 가서 딸을 만나던 어머님께서 하루는 욱하는 심정으로 울음만을 참으며 간간이 끊어지는 목소리로 말했다.

"신랑이랑 딸 없으면 못 살 것 같다며. 우리 다 너를 기다리고 있어, 얼른 돌아와."

그렇게 말한 것도 미안했던 걸까. 어머님께서 "미안해. 내일 또 올게"라고 덧붙인 다음 가방을 챙겨 나가려는데 갑자기 따님이 눈을 떴다고 한다. 어머님은 간호사들에게 쩌렁쩌렁 외쳤다.

"우리 딸 살았어요! 눈 떴어요!"

따님은 그렇게 두 달 만에 의식을 되찾았다. 잠이 들면 일어나는 게 어쩌면 당연한 일상인데, 자다가 뇌손상을 당할 수 있다니. 좌뇌를 잃은 내게도 믿기지 않는 일이며 너무나 마음이 아팠다. 곧장 만나고 싶어 어머님과 따님이 거주하는 천안으로 가겠다고 했다. 어머님께서는 이번 기회에 딸이 세상으로 나갈 수 있도록 중간 지점에서 만나자고 했다. 강남 고속버스터미널에서 만나기로 약속을 잡았지만, 따님이 나오지 못한다면 천안으로 가겠다고 했다.

만나는 날, 어머님으로부터 버스에 탔다고 연락이 왔다. 김포에 사는 나는 고속버스터미널에 미리 도착해 뭐라고 대화를 이끌어갈지 고민하다 이내 그만두었다. 중요한 건 내가 무언가를 강조하며 말하는 게 아니라 어머님과 따님이 마음을 터놓고 말할 수 있도록 용기를 주는 것이었기 때문이다. 특히 따님은 12년 동안 집 밖으로 잘 나가지 않았기에 분명 사람을 만나는 데 두려움이 클 텐데, 더 큰 부담이나 짐을 주고 싶지 않았다. 일단 어머님과 따님을 만나면 따님에게 '언니'라고 불러야지 다짐했다. 어머님에게 전해 듣기로 따님은 나보다 네 살 많았고 오랜만에 언니라고 불린다면 조금 특별하게 들릴 거라고 생각했다.

언니는 잡티 없이 깨끗하고 말간 얼굴이었다. 마르고 호리호리한 체형으로 옷이 넉넉해 보였다. "언니! 반가워요!"라며 다가가 인사했다. 그렇게 우리는 수많은 이야기를 나누었다. 시간이 금방 지나가 어머님과 언니는 버스 예매표를 다음, 다다음 시간으로 변경했다. 식당에서 밥을 먹고 카페에서 차를 마시며 말하는 중간중간 언니는 다른 사람들을 굳은 표정으로 쳐다보았다. 그 자리에서 벗어나고 싶은 듯 시선이 허공을 맴돌기도 했다. 나는 담담히 물어보았다.

"언니, 전 언니의 마음속 이야기가 궁금해요. 오랜만에 이렇게 바깥에 나오니까 기분이 어때요? 유독 우울한 날에는 마음이 어떤가요?"

내가 어떻게 아픔을 극복하고 있는지 말하지 않았다. 언니도 앞으로 이렇게 살아가면서 더 나아질 것이라는 말조차 꺼내지 않았다. 어떠한 충고나 조언도 하지 않았다. 그저 질문하고 언니의 이야기를 들어주었다. 말이 느리고 서투르더라도 언니가 직접 말할 수 있게 계속해서 기회를 줘야 한다고 생각했다. 언니는 점차 편안하게 이완된 표정으로 기억을 더듬으며 이야기를 나누었다.

우리는 누군가의 인생에서, 단 한 번의 만남으로도 평생을 버틸 용기를 줄 수 있다. 말없이 건네는 손길, 가만히 머무르는 시간, 따뜻하게 이름을 불러주는 그 순간이 누군가에게는 닫힌 삶의 문을 여는 열쇠가 된다. 그날 언니는 세상 밖으로 한 걸음 내디뎠고, 나는 언니의 눈빛에서 되레 용기의 얼굴을 배웠다.

어쩌면 우리는 서로의 인생을 조용히 빛으로 끌어내는 존재인지도 모른다. 살다 보면, 누군가의 이유가 되기도 한다. 그 하루, 그 만남, 그 마음이 누군가에겐 전부일 수 있다. 누군가의 삶에 다녀간 당신의 따뜻함이, 그 사람의 시간 전체를 바꿔놓을 수도 있다는 걸 기억했으면 좋겠다.

실어증이어도, 뇌전증이어도
삶은 귀하니까

언니는 해마가 손상되어 남편과의 연애와 결혼, 딸을 낳았던 것까지 모두 잊어버렸다. 불현듯 분노가 끓어오르면 방 안에 틀어박혀 지낼 수밖에 없었다. 해마는 뇌의 측두엽 안쪽에 위치한 변연계에 속한 기관으로 언어적, 의식적 기억을 담당한다. 해마 손상은 뇌의 기억을 담당하는 해마가 손상되거나 괴사하는 것을 말하는데, 해마가 손상되면 기억력과 인지기능이 저하되고 불안이나 우울증 등의 증상이 나타날 수 있다. 언니는 해마 손상, 즉 기억을 잃어버려 수저 잡는 법까지 잊어버렸다. 모든 걸 처음부터 다시 배워야 했다. 걷는 방법까지 잊어버려 한동안 휠체어를 타고 다녔으며, 한글도 자음과 모음부터 새롭게 공부해야 했다.

게다가 뇌수막염의 후유증으로 뇌전증을 앓게 되었다. 뇌전증이란 뇌신경 세포가 일시적인 이상을 일으켜 과도한 흥분 상태를 유발하거나 발작과 의식 저하, 전신 떨림 등의 증상이 만성적이고 반복적으로 나타나는 뇌질환을 말한다. 과거에는 '간질'이라고 불렀으나 간질이라는 용어가 주는 편견으로 인해 현재는 뇌전증이라 한다.

그 때문일까, 모든 친구가 언니 곁을 떠났다고 한다. 언니는 점차 흐릿한 기억을 되찾고 나서 친구들에게 자신의 병을 솔직하게 말했다. 기억을 되찾은 순간순간을 놓치고 싶지 않았기 때문이다. 하지만 친구들은 언니를 찾아오기는커녕 전화와 메시지조차 아예 받지 않아 언니는 대인기피증과 우울증으로 극단적인 시도까지 했다.

뇌전증 환자라고 하면 마치 도망치듯이 피해야만 하는 걸까. 옮을 수도 있다고 걱정했던 걸까. 뇌전증은 전염되지 않는다. 뇌전증은 1년에 두세 번, 5분 이내의 발작이 일어날 뿐인 질환이다. 어떠한 신체적 접촉이 있더라도 전염 가능성은 없다. 그 친구들은 뇌전증에 대해 알아보긴 했던 걸까.

언니는 덤덤하게 말했지만 나는 그 친구들이 원망스러웠다. 극도의 불쾌감과 동시에 부아가 치밀어 올랐다. 다행히도 언니의 딸은 엄마의 아픔과 고통을 그대로 마주해 주었다. 아니, 오히려 당찬 마음으로 엄마의 괴로움을 감싸 안았다. 언니가 뇌수막염을 앓은 다음 뇌전증이 발병했을 때 딸은 겨우 여섯 살이었다. 12년이 지난 지금은 고등학생이 되었다. 하루는 언니가 딸에게 물어보았다.

"엄마가 아픈 거, 뇌전증인 거, 친구들이 알면 너랑 안 만나주고 피할 텐데 괜찮아?"
"걔네가 피하면 나도 안 만나면 돼. 그게 뭐 어떻다고? 그러는 애들이 이상한 거지!"

눈앞이 트이며 코끝이 찡해졌다. 딸은 엄마의 아픔을 부끄럽다고 생각하지 않았고, 숨기려고도 하지 않았다. 정말 든든한 딸이자 친구였다. 언니는 자신이 뇌전증 환자라는 걸 알게 되면 언니의 친구들이 떠났듯 딸의 친구들도 떠날 거라 생각했다. 그런데 달랐다. 가족들은 오히려 아무렇지 않게 생각하는데 언니만이 가족들한테 피해를 줄까 봐 집에서만 있었구나 깨달았다고 말했다. 앞으로 언니가 어떻게 해야 좋을지 고민해 봤지만 해결책이 떠오르지 않았다. 딱 한 가지, 언니와 친구로 지내고 싶다는 생각뿐이었다.

"언니. 우리 이제 친구해요, 친구!"

❈   불행과 절망을 딛고 일어설 수 있는 가장 강력한 힘은 사람과의 관계와 관심이다. 타인의 슬픔을 슬픔으로, 타인의 기쁨을 기쁨으로 느끼는 바로 그 순간이 나와 마주한 사람을 특별하게 만들어준다.

어머님과 언니가 천안행 시외버스를 타러 걸어가는 길에 언니는 내게 팔짱을 꼈다. 이후로도 우리는 종종 메시지를 주고받고 전화를 했다. 혹시나 언니가 주저할까 봐 나는 먼저 전화하곤 했고 한 시간 통화는 기본이었다. 언니를 만나러 왕복 다섯 시간을 이동해서 김포에서 천안으로 다녀오기도 했다. 다시 강남 고속버스터미널에서 만난 날에는 백화점에서 놀았고, 호텔 카페도 가봤다. 그날은 이재웅 언어치료사도 나의 친구이자 언니의 친구로 함께했다. 나는 언니가 더 많은 사람을 마주하길 바랐다.

"언니, SNS를 시작해 보는 건 어때요? 뇌전증을 숨기려고 하지 마세요. 언니처럼 뇌전증을 겪는 사람은 언니를 만나면 너무나 반갑고 공감하며 큰 위안이 될 거예요. 뇌전증으로 지금 아프고 힘든 분들에게는 언니가 아파봤으니까, 아니 지금도 아프니까 그 마음이 와닿을 거라고 생각해요."

그렇게 언니는 SNS를 시작했고 꿈도 생겼다.

"뇌전증은 편견이 더 무서워. 특히나 우리나라 뇌전증 환자 열 명 중 아홉 명 정도는 사회적 차별을 굉장히 심하게 경험하고 있어. 직장에서 뇌전증 환자인 것이 밝혀지면 해고까지 당하는 현실이니까. 직업 선택과 직장 생활에서 가장 많은 차별을 경험하지. 이제는 내가 앞장서서 사회로 나가 인식 개선을 돕고, 편견을 없애고 싶어. 뇌전증 인식 개선 강사가 되는 게 내 꿈이야."

12년 만에 꿈이 생긴 언니를 여전히 응원한다. 가끔은 언니에게 투덜대기도 한다. 어제도 밥맛이 없다며 구시렁거리는 메시지를 보내자 언니에게 답장이 왔다.

~~~~~~

입맛 없고 바쁘더라도 몸 생각해서 밥 잘 챙겨 먹고요. 안 그러면 또 잔소리할 거예요. 알았죠?

~~~~~~

불행과 절망을 딛고 일어날 수 있는 가장 강력한 힘은 사람과의 관계와 관심이지 않을까. 타인의 슬픔을 슬픔으로, 타인의 기쁨을 기쁨으로 느끼는 바로 그 순간이 나와 내 앞에 있는 사람을 아주 특별하게 만들어준다는 걸 다시 한번 깨달았다.

사고는 알 수 없는 순간에 누구에게나 찾아올 수 있다. 다만 그 후 상황을 받아들이는 자세가 남은 인생의 방향을 정한다고 생각한다. 아무리 노력해도 사고 이전으로는 돌아가지 못할 수 있다. 하지만 더 씩씩하고 더 힘찬 방향으로 나아가면 되는 거 아닐까?

삶이라는 건 의미로 가득 차 있기 때문에 의미 있는 게 아니다. 우리가 의미를 찾으려고 하는 그 순간에 남다른 삶의 의미를 발견하고 간직하면 된다. 그러니 타인에게 잘 보이기 위해서가 아니라, 나의 하루를, 나의 일상을, 그리고 내가 사랑하고 함께하는 사람을, 나의 생각과 가치를 소중히 여겼으면 한다. 그리고 무엇보다 자신을 절대 부끄러워하지 않기를, 숨기지도 않기를 바란다.

손글씨는 비뚤비뚤,
머리는 어질어질

아빠를 먼저 하늘나라로 보낸 친구가 하루는 말했다.

"아빠가 너무 그리운 거야. 그런데 아빠 사진이 별로 없더라고. 그나마 사진 몇 장을 훑어보다가 알았어. 정말로 다시 만나고 싶은 건 목소리라는 걸. 은빈아, 너는 아빠 목소리 꼭 남겨봐. 목소리가 되게 듣고 싶은데… 다시는 들을 수 없어."

쓴웃음을 지으며 말을 건네는 친구의 목소리는 나지막하면서도 서글펐다. 꼭 그렇게 하겠다고 대답했던 나는 시간이 지나며 바쁜 일상에 금세 그 말을 잊고 말았다. 대학 졸업 전에 승무원으로 취업했고 바쁘고 피곤하다는 핑계로 부모님에게 용돈만 보내면서 충분히 효도하고 있다고 생각했다.

회사를 그만둔 후에도 성공해야 한다는 집념에 사로잡혀 매일 바쁘게 뛰어다녔다. 그사이 엄마와 아빠는 지방으로 내려갔다. 서울에서 경북 영천까지는 짧게는 네 시간, 길게는 여섯 시간이 걸리는 먼 거리였다. 가족보다 일이 우선이었던 나는 부모님을 1년에 두세 번 보면 많이 볼 정도였다. 주말까지 일하느라 몇 달 동안 단 하루도 쉬지 못했다. 집으로 돌아오는 길에 버스에서 멍하게 앉아 있다가 엄마에게 다짜고짜 전화했다.

"엄마, 우리 죽기 전에 100번은 볼 수 있을까?"

가족과 함께하는 시간이 언제부터 이렇게 부족해졌을까, 그게 왜 당연해졌을까 되짚어 보았다. 그 생각도 잠시, 나는 다친 이후로 엄마와 아빠를 매일 보게 되었다. 그들은 나의 간병인이 되었으니까.

다시 유튜브를 시작하며 하루하루를 기록으로 남기기 위해 내 모습을 촬영하는 것만이 중요한 게 아니었다. 나 역시 부모님의 모습을 기록으로 남기고 싶었다. 친구의 말을 새삼스럽게 떠올리며 부모님의 모습을 촬영했다. 34년간 살면서 찍었던 사진보다 사고 이후 병원에서 기록으로 남긴 부모님의 자취와 흔적이 압도적으로 더 많다. 거칠면서도 솔직해서 강단 있는 엄마의 목소리, 차분하고 감미로운 아빠의 목소리가 그대로여서 마음만은 든든했다. 계속 머리가 쿡쿡 쑤시고 허리가 삐걱거렸지만, 기록했기에 또렷하게 기억할 수 있는 지금의 삶을 살아가고 있었다.

단순히 카메라 촬영으로 그치지 않고 일기도 다시 쓰기 시작했다. 언어 담당인 좌뇌에 손상을 입었다는 사실을 일기를 쓰면서 한 번 더 확인할 수 있었다. 노트를 앞에 두고 뭐라도 쓰려고 하는데 자꾸 멍해졌고, 이미지와 생각, 글을 분명하게 떠올릴 수 없었다. 현재 무엇을 하고 있는지, 오늘 어떤 일이 있었는지 기억하려 애쓰며 일기를 쓰는 일조차 버겁다는 것에서 당혹감이 밀려왔다. 나는 눈을 감고 숨을 천천히 들이마시고 내쉬면서 '일단 쓰자, 막 쓰자!'라고 다짐했다. 다친 지 한 달 만에 시작한 일기는 문장도 서투르고 단어도 틀리고 글씨는 비뚤비뚤했다. 단어가 생각나지 않을 때마다 괄호를 치거나 물음표로 채웠다.

2024.2.28

오늘 오후 수업 첫 시간에 (   ) 수업을 들었다.

오후 수업 때 늘 머리랑 (   )가 안 좋아서 바로 침대에 눕는다.

내가 평소보다 답이 약한 대답을 할 수밖에 없었다.

그래서 또 머리가 아파졌다. 괜히 두렵다.

그래도 더욱 신경을 쓸 것이다. 나의 말투, 원래 뛰어난 말휘(?)를 꼭 잡아낼 것이다.

가족들은 괄호 안에 들어가야 하는 게 언어치료와 허리라고 알려주었다. 그러면서 "은빈이는 지금도 말솜씨가 뛰어나지"라고 덧붙였다. 가족들은 내가 잘하든 못하든 상관하지 않았고, 단어를 모르거나 틀린다고 해서 목소리를 높이

거나 비난하지도 않았다.

~~~~~~~~~~~~~~~~~~~~~~~~~~~~~~~~~~~~

2024.2.29

머리 통증을 줄이기 위해 오늘은 그림 그리고 색깔 칠하는 수업을 들었다.

이 말하기라는 게 어떨 땐 참 부드럽게 잘하는 것 같지만

현재는 거의 모든 (   ) 수업에서 머리가 아프다.

2~3달 뒤에 수험(?)을 받으면 더 나아질까?

~~~~~~~~~~~~~~~~~~~~~~~~~~~~~~~~~~~~

괄호 안은 물리치료, 작업치료, 언어치료였다. 가족은 수험이 아니라 수술, 그중에서도 두개골 복원수술임을 설명해주었다.

~~~~~~~~~~~~~~~~~~~~~~~~~~~~~~~~~~~~

2024.3.1

이제 드디어 한 달 가까이 밀린 (   )에도 답장을 하게 되었다.

답장할 때마다 피곤해서 하루에 2개의 답장만 한 적도 있다.

언제쯤 내 이력을 되찾을까.

~~~~~~

카카오톡 메시지는 300개가 넘어서 한 번에 확인할 수 없었다. 많은 사람들이 보낸 염려와 응원의 메시지였다. 아침부터 늦은 오후까지 재활치료를 받으며 더욱 허약해진 몸과 정신이 덜덜 떨렸지만, 하루에 한두 개라도 답장을 보내기 위해 노력했다.

가족들이 유일하게 도와주지 않는 부분은 '직접 말하고, 직접 쓰는 일'이었다. 유튜브 영상을 촬영하고 편집하기 이전에 대본이 필요했다. 나는 가족들이 도와주길, 나를 대신해서 작성해 주길 바랐다. 그런데 가족 모두 '나의' 유튜브고, '내'가 등장할 것이기에 '스스로' 대본을 써야 한다고 주장했다. 어안이 벙벙했다. 나는 도움을 포기하지 않고 한 명씩 따로 접근하기 시작했다.

장애가 들려준
고요한 속삭임

재활치료 병원에서는 허리 골절 수술로 보호대를 착용해서 허리를 굽히거나 과하게 움직일 수가 없어 엄마가 샤워를 시켜줬다. 머리도 조심해야 했기에 샴푸질을 함부로 할 수가 없어 엄마가 물 없이 쓰는 환자용 샴푸로 머리를 감겨주었다. 후각 상실로 병원 음식이 느끼하고 역겨웠지만 과일은 가볍게 먹을 만했다. 엄마는 과일이라도 먹게 만들려고 온갖 과일을 하나씩 준비했다. "망고는 좀 맛있는 것 같은데? 엄마도 좀 먹어"라고 말하면 "과일 깎으면서 씨에 붙어 있는 망고 많이 먹었어"라고 엉뚱하게 대답하던 엄마였다. 그런 엄마도 글쓰기는 도와주지 않겠다고 단호히 말했다.

그렇다면 아빠는? 아빠가 해주는 말을 집중해서 들으면서 언어와 단어가 조금씩 나아졌다고 느꼈기에 아빠의 눈치를 살폈다. 처음에는 의사가 두개골, 개두술, 우뇌반구, 경련, 머리 절개분 접합수술, 뇌경막, 경추신경, 지혈, 혈압 불안정, 승압제 투여 등등 어쩌고저쩌고 설명을 해도 나는 도무지 알아들을 수가 없었다. 아빠는 주치의 선생님의 말과 단어 뜻을 빼곡히 적어서 보여주며 나에게 알려주고 또 알려주었다. 열 번을 넘게 들으니 좌뇌, 우뇌, 뇌출혈, 전두엽, 이런 단어와 그 뜻도 이해할 수 있었다.

병원에서는 아침, 점심, 저녁에 먹어야 하는 약이 많은 데다가 약 이름이 영어여서 내가 어떤 약을 먹는지 몰랐고 관심도 없었다. 평생 약을 먹어야 한다니 그냥 먹고 말지라는 생각뿐이었다. 그런데 아빠는 영어로 된 약 이름을 한글로 다 적어서 하나하나 읽어주었다. 그 덕분에 내가 어떤 약을 먹고 있는지도 알게 되었다. 나를 위해 무엇이든 할 수 있을 것 같은 아빠라면 내 대본을 써주고 싶어 할 줄 알았는데, 턱도 없었다. 대신 엄마와 아빠는 내가 글을 쓰면 첨삭을 해주겠다고 제안했다.

의사와 언어치료사의 말에 따르면, 뇌손상 이후 6개월 동안이 뇌가 가장 많이 회복하는 시기였기에 이때 언어치료가 꼭 필요했다. 가족들은 나만의 동기와 힘으로 해내는 학습과 경험, 환경 변화로 뇌 가소성을 성장시킬 것이라 믿었다. 그래서 나의 뇌 체계를 자극하는 게 중요하다고 생각했던 것이다. 뇌 가소성이라는 말도 알아듣지 못하는 나를 위해 부모님은 그 의미부터 설명해 주었다.

"뇌는 엄청난 가능성을 가지고 있어. 무엇이든지 배울 수 있도록 설계된 게 바로 우리 뇌야. 인간의 뇌는 외부 세계를 공부하며 성장해. 다만, 네 의지가 중요해. 사랑과 기쁨, 분노와 슬픔, 놀라움과 두려움, 확신과 의심까지. 엉성하고 때로는 거칠며 투박하더라도 네 기분과 감정, 감각을 다 받아들여야 해. 그 과정에서 너만의 동기와 계기를 갖게 될 거야. 세상을 향한 관심과 궁금증을 지속적으로 가질 때 뇌는 활성화되어 새롭게 확장되고 변화할 수 있어."

✿ 책을 읽으며 단어에 형광펜을 긋고, 국어사전을 검색해 단어를 공부한다. 단어의 뜻과 유의어, 예문까지 소리 내어 읽는다. 하루에도 수십 번은 내가 부족하다는 자각이 몰려온다. 하지만 할 수 없는 일이 아니라, 할 수 있는 일에 힘을 쏟아부어야 했다.

재활치료 병원의 환자들은 운동치료나 작업치료 같은 신체적인 회복에만 집중했다. 의사와 가족들의 말에 따르면 보통 뇌손상이 오면 언어장애가 동반된다고 한다. 나는 다치기 전부터 언어의 중요성을 알고 있었기에 몸의 건강뿐만 아니라 언어 회복도 중요하다고 생각했다. 그때부터 매일 매시간 국어사전을 끼고 생활했다. 쉬는 시간에는 노래를 들으며 가사부터 다 외웠다.

책은 초등학생 추천 도서부터 읽었다. 책을 읽을 때도 단어 하나하나에 형광펜을 그었다. 그 와중에도 머리는 뿌연 안개에 싸인 듯 흐릿해지고 천둥 치듯 요란하게 지끈거렸다. 읽는다는 개념 자체가 어려웠다. 책을 읽다가 힘들면 누워서 오디오북을 들었다. 병원 앞 산책로에 가만히 앉아 개미를 눈으로 보면서도 단어로 말할 수가 없었다. 그러면 이렇게라도 묘사했다.

"네가 나보다 쌩쌩하게 걸어 다니는구나, 뛰어다니는구나. 나도 다시 일어날게."

언어 능력을 되찾으려면 뇌 속의 회로와 흐름을 송두리째 흔들어야만 했다. 조금씩 유튜브 영상 대본을 쓰기 시작했다. 단 몇 줄이라도 작성한 후에 가족들에게 첨삭을 받았다. 단어도 틀리고 문장도 틀리고 표현하고자 하는 방식도 허술했지만 그 시간 자체가 공부였다. 지금도 매일같이 반복되고 있다. 책을 읽으며 단어에 형광펜을 긋고, 국어사전을 검색해 단어를 공부한다. 단어의 뜻과 유의어, 예문까지 소리 내어 읽는다. 하루에도 수십 번은 내가 예전보다 못한 사람이 되었다는 자각이 몰려온다. 하지만 회복을 위해서는 할 수 없는 일이 아니라, 할 수 있는 일에 힘을 쏟아부어야 했다.

뇌가소성이란 뇌의 혈류장애로 인해 뇌세포가 비가역적으로 손상되면 손상된 뇌조직 주변의 뇌세포들이 새로운 신경 회로를 만들어내는 것을 뜻한다. 뇌가 외부 자극이나 환경 변화에 적응하기 위해 구조와 기능을 바꾸는 현상을 일컫는다. 많은 의사와 책, 학술 자료 및 대중 매체에서는 뇌 가소성이 활발한 기간이 보통 발병 이후 3개월에서 6개월까지이며, 그 이후에는 기능 회복이 어렵다고 언급한다. 그런데 이는 학설이니 사실과 다르다고 생각한다. 나는 6개월 이후로도, 1년이 지난 지금도 계속해서 외부 자극을 기반으로 뇌를 자극하며 성장과 학습을 이어오고 있다. 지금의 상황을 넘어서려고, 이겨내려고 의식적으로 노력하고 있다.

얼마 전 진행한 한국판 웨스턴 실어증 검사에서는 이전보다 높은 점수를 달성했지만, 정상인의 점수를 받진 못했다. 그토록 열성적으로 공부에 임했는데⋯. 여전히 단어를 틀리고 듣는 것과는 다르게 행동하다니 믿을 수 없는 현실이었다. 뇌손상을 인정해야 한다는 의사와 언어치료사의 말을 인정할 수 없었다. 이전으로 돌아가고 싶다고만 생각했다.

그럼에도 불구하고 나는 인정해야 했다. 뇌손상으로 달라진 현실을 받아들여야만 했다. 말하기, 글쓰기, 어휘, 질문하고 대답하기, 말하는 속도 다 이전과는 다르다. 나는 뇌

손상을 인정하기 힘들었지만, 그래서 울부짖기도 했지만 이제는 받아들이려고 한다. 아무리 노력해도 사고 이전으로 내 몸을 돌이키는 것은 불가능하다. 과거로 돌아가길 바라는 것만큼 굴욕적인 것도 없다는 생각이 들었다. 현재에 의미를 두지 않는다면 훗날 나에게는 좋은 의미를 가지게 될 어떠한 일도 벌어지지 않을 터였다.

더 이상 단순히 예전으로 돌아가길 바라지 않는다. 어제보다 더 나은 오늘을 살면서 이런 오늘이 계속 이어진다면, 예전으로 돌아가는 것 이상으로 더 나아질 것이기 때문이다. 사실 벌써 더 나은 점을 알게 되었다. 바로 '죽음'을 곁에 두고 살아가게 된 매일 매 순간 덕분이었다. 우리는 사건, 사고로 인한 타인의 죽음을 매일같이 마주한다. 다른 사람은 교통사고로 하루아침에 죽었지만 나는 그럴 일이 없을 거라고 생각한다. 다른 사람은 심장마비로 갑작스럽게 죽었지만 나에게는 없을 일이라고 생각한다. 다른 사람은 등산이나 물놀이하다가 예기치 못하게 죽었지만 나에게는 닥치지 않을 일이라고 생각한다.

타인의 죽음은 경각심을 주기도 하지만, 너무나 자주 보고 듣게 된 탓일까. 죽음은 마치 나와는 거리가 먼 다른 사람의 일 같기만 하다. 나도 내가 어처구니없게 길에서 넘어지며 하필이면 보도블록에 크게 부딪쳐 다칠 줄 몰랐다. 기억을 잃게 될 줄도 몰랐다. 혼자서 할 수밖에 없는 책 읽고 글 쓰는 일에 열중했기에 남편과 따로 노는 걸 좋아했던 내가 명칭 실어증 환자가 되어 단어를 다 잊어버릴 줄 몰랐다. 나 역시 뉴스로 타인의 불행과 고통을 접하며 그저 안타까웠을 뿐 내게는 일어나지 않을 일이라고 생각했다.

이제야 알게 되었다. 사람에게는 어떠한 예외도 없고 앞으로도 예외란 없을 것임을. 나에게도, 내 곁에 있는 사람에게도 언제든 죽음이 찾아올 수도 있음을. 그래서 지금 하루하루를, 순간순간을 소중히 여기며 만끽해야 한다는 것을. 병원에서도 여러 환자, 보호자와 대면하고 치료에 함께하는 것 자체가 더없이 감사한 시간이라고 생각했다. 그 만남과 마주한 시간을 허투루 날려 보내고 싶지 않았다. 살아 있을 때 나만의 마음과 표현을 쏟아붓지 않으면 그럴 시간은 영영 오지 않을 수도 있다고 생각했다.

노트 한 권에 눌러 담은
애틋한 순간들

가방에 넣기 좋은 조그마한 노트에 가볍게 기록을 시작해 보면 어떨까. 승무원으로 일하던 시절에는 기내식 서비스를 마치고 잠시 쉬는 시간에 가방에서 작은 노트를 꺼내 한 줄씩 기록을 적었다. 은행원으로 근무했을 때는 출퇴근 길 버스나 지하철에서 그날 하루를 기록했다. 점심시간에는 가게에서 음식을 기다리는 동안 핸드폰을 보는 대신 노트에 후다닥 한두 줄 글을 남겼다. 그렇게 가득 쌓인 나만의 풍성한 이야기를 노트에서 꺼내 책 출간을 비롯해 유튜브 콘텐츠와 강연 에피소드로 알차게 구성할 수 있었다.

만화가 스콧 애덤스는 말했다.

> "나는 그림 실력이 뛰어나지 않지만 그림을 그릴 수
> 있고, 글쓰기도 그럭저럭한다. 하지만 내게는 다른 만
> 화가에게는 없는 회사 생활 경험과 MBA 졸업장이 있
> 다. 나의 평범한 기술들의 조합은 각각의 총합보다 훨
> 씬 더 가치 있다."

~~~~~~

2022.7.26

시재가 또 안 맞는 것 같아서 멘붕이다. 대리님에게 엄청 혼났
다. 정신 더 바짝 차리고 일해야지. 하, 입맛 없어서 지금 빵 먹
는다. 시재를 최우선으로 하자!

~~~~~~
~~~~~~

2022.8.2

고객이 화내는 건 면역이 생겨서 이제는 아무렇지도 않다. 오
히려 이 말이 상처로 남아 있다.

"은행원은 승무원이랑 달라. 여기는 공부 많이 해야 해. '안녕하세요', '어서 오세요'만 하는 거랑 달라. 여긴 전문직이야."

그냥 공부 열심히 하라고 말하면 되지, 굳이 승무원을 비하할 필요가 있었을까?

~~~~~~
~~~~~~

2022.8.5

지난주에는 극과 극의 고객들을 만났다. 모녀가 같이 업무를 마치고 "내 딸만 예쁜 줄 알았는데, 여기 예쁜 딸이 또 있었네. 눈매가 참 선해요!"라고 말씀해 주시던 고객님이 있었고, 반면 내 앞으로 오자마자 "아이고, 잘못 걸렸네!"라고 말씀하시는 고객님까지.

~~~~~~
~~~~~~

2022.10.13

신분증 확인을 하는데 장기기증, 각막기증이라고 적힌 처음 보는 작은 분홍색 스티커가 붙어 있어서 놀랐다. 그걸 알아채셨는지 고객님이 먼저 말을 건넸다.

"내가 자식도 없고, 남편도 없고, 곧 세상도 떠날 텐데 뭐라도 좋은 일 하나 남기고 가고 싶어서 기증 신청했어."

남편이 일찍 돌아가시고 봉사하며 사셨다는 할머니는 20만 원을 출금하며 한 달 생활비라고 하셨다. 그래도 인생이 참 좋고 즐겁다고 하셨다.

~~~~~~~~~~~~~~~~~~~~~~~~~~~~
~~~~~~~~~~~~~~~~~~~~~~~~~~~~

2022.11.23

고객님 이름이 '안 행복'.

~~~~~~~~~~~~~~~~~~~~~~~~~~~~
~~~~~~~~~~~~~~~~~~~~~~~~~~~~

2022.11.24.

오늘 고객님 이름은 '금 연'.

아, 점심시간에 먹었던 김치찌개 너무 맛있다. 여기 또 와야지.

~~~~~~~~~~~~~~~~~~~~~~~~~~~~

중환자실에서 병실로 이동한 이후에도 나는 가족들의 이름을 말할 수 없었다. 한 달 후 밀린 카톡을 읽을 때 역시 이름만으로는 누가 누군지 기억나지 않았다. 가족들은 책상과 서랍에 가득한 나의 노트와 일기장을 다 가지고 왔다. 가방에 꼭 챙겨 다녔던 작은 노트, 아침마다 쓰던 자기 확언 노트, 신혼 이야기를 담은 신혼 노트, 감정을 쏟아붓는 감정 노트, 꿈꾸는 미래의 모습을 담은 미래 노트, 강의 준비 노트, 책 출간 노트까지. 나의 모든 기억은 노트를 다시 읽으면서 선명하게 떠오른다.

침대에 누워 기록을 들여다보며 지난 직장 생활뿐만 아니라 섬뜩했던 상사를 비롯해 좋아하는 선후배와 친구들을 회상했다. 별거 아닌 일에도 설레던 때와 위기일발의 순간까지 반추하며 조금씩 기억을 되찾을 수 있었다. 혼자 사업을 시작했을 때, 불안하지만 어떻게든 이겨내려고 했던 굳센 마음까지 돌아볼 수 있었다. 흔들리지 않으려고 나 스스로에게 되새기는 문장투성이였다. 앞에서 공개했던 자기 확언 노트에서 내가 바라던 목표만 훑어보면 돈밖에 모르는 사람처럼 보일 테지만, 나 자신의 정체성을 잃지 않으려고 쓴 문장으로도 가득하다.

다치기 전에 내가 바라던 삶, 내가 꿈꾸던 삶이란 게 무엇인지 새삼 곱씹을 수 있었다. 기록으로 돌아볼 수 있는 추억마저 없었다면 내가 누구였는지 상기할 수 없었을 거다. 실어증 환자로서 머리가 찌그러진 모습으로 마주하게 된 현실이 그저 비극적이었을지도 모른다. 과거의 추억을 되짚으며 나라는 사람과 다시 정면으로 마주 설 수 있었다. 거울만 보며 나는 이제 망했다고 숨기는커녕 자기 자신을 떳떳하게 자랑스러워하는 사람이 되고 싶어졌다. 다치기 전부터 나는 그런 사람이었으니까. 그렇게 살고 싶었던 사람이었으니까.

지금 내가 매일 먹는 약 중에는 기억에 관련된 약이 있다. 주치의 선생님은 심각한 뇌출혈로 좌뇌 기능을 잃었기에 남보다 더 쉽게 잊어버리기 쉬우며 치매가 빨리 올 수도 있다고 말했다. 그래서 나는 지금도 매일 열심히 기록한다. 하루하루를 잊고 싶지 않기 때문이다. 명칭 실어증 환자인 나는 지금도 많은 언어와 단어를 모르거나 잊어버리고 틀린다. 틀린 그 단어조차 글로 쓴다. 병이 나의 정체성이 되어버리지 않도록 나만의 존엄을 지키기 위해 글을 쓴다. 모두 잃어버렸다고 해서 앞으로도 쉽게 잃어버릴 수 있다고 생각하지 않는다. 모두 잃었다고 생각한 순간에도 나만은 남아 있었다. 잃어버릴 수 없는 나라는 사람이 있기에 지금 이 기록과 글도 있다. 나는 오늘도 쓴다. 잊지 않기 위해, 잃을 수 없는 나를 지켜내기 위해.

		1회 투여량	1일 투여횟수	
	S0651			

환자가 요구하면 질병분류기호를 적지 않습니다.

처 방 의 약 품 의 명 칭

		1회 투여량	1일 투여횟수
	에필라탐정500mg(★용량주의)(삼 진)	1.000	2
[47803740]	글리아타민정(대웅)	1.000	2
[694000670]	트라스펜세미정.114(한미)	1.000	2
[643504230]	펙수클루정40mg.232a(대웅)	1.000	1
[641607630]	스피틴정20mg(★용량주의)(대웅 제약)	1.000	1
[641602880]	칼디플러스정(하나)	0.500	
[657801750]	(항)자나팜정0.25mg(★용량주의)(명인)		
[651901730]			

3부

한 지붕 아래 로또 당첨 같은 우리 가족

하나뿐인 남편이자
'내 편'인 승목에게

내 핸드폰에 '내 편♡'이라는 이름으로 저장된 사람은 바로 남편이다. 남편과 나는 소개팅으로 만나 연애하고 결혼한 이후에도 단 한 번도 싸우지 않았다. 크게 싸워봐야 그 사람의 타고난 성질을 알 수 있다기에 연애할 때 일부러 싸움을 걸어보았지만 소용없었다. 내가 짜증내거나 시비를 걸어도 그는 익살을 부리거나 우스갯소리로 나를 웃게 했다. 한 번쯤은 싸워보고 싶었지만 이내 포기할 수밖에 없었다.

남편은 늘 내 편이었다. 내가 하고 싶은 일을 할 수 있도록 도와주었다. 세 곳의 항공사와 은행, 그리고 강사로 거침 없이 활약할 수 있었던 건 바로 남편의 응원 덕분이었다. 그는 그만둘까를 고민하는 나에게 조금만 더 생각해 보라고 말하기는커녕 힘들면 언제든지 그만두라고 말해주었다. 은행은 적성에 맞지 않아 10개월 만에 퇴사했는데, 2개월만 더 다니면 퇴직금을 받겠지만 남편은 빨리 그만두라고 말했다. 중요한 건 나의 감정과 정서임을 되돌아보게끔 애써주었다. 계속되는 나의 도전 때문인지는 모르겠지만, 남편은 한 직장을 꾸준히 다니고 있으며 지금 다니는 회사에서 정년까지 일하겠다고 말하곤 한다.

은행을 그만두자마자 시작한 강사로서의 삶은 내게 즐거움 그 자체였다. 일하는 시간이 매일같이 짜릿하면서도 뿌듯했다. 그때부터 자기 확언 노트를 쓰기 시작했다.

~~~~~~~~~~~~~~~~~~~~~~~~~~~~~~~~~~~~~~

나는 뚱목이에게 비싼 테니스복을 사준다.

나는 뚱목이와 함께하는 시간을 귀하게 여긴다.

나는 뚱목이에게 외제 차를 선물한다.

나는 내 남편 뚱목이를 장항준으로 만든다.

~~~~~~

드디어 좋아하면서도 자신감 넘치는 일을 하게 되었기에 남편을 장항준 감독처럼 만들어주고 싶었다. 장항준 감독의 아내 김은희 작가는 "난 돈을 벌 줄만 알지 쓸 줄은 모르는 사람이야. 내 건 다 오빠 거니까 즐기면서 살아"라고 말했다고 한다. 그 덕분에 장항준 감독에게는 '전생에 나라를 세 번 구한 사람', '인생은 장항준처럼' 같은 문장이 따라붙기도 한다. 하지만 김은희 작가는 남편 장항준 감독의 전폭적인 지지와 사랑으로 재능을 발견할 수 있었다. 나 역시 남편이 뒷받침해 주지 않았다면 다양한 직장과 직업에 정면으로 맞서기 어려웠을 것이다.

사고 당시에도 남편은 사망 가능성이 높다는 의사의 말에 절망하며 그 말을 믿고 싶지 않았다고 했다. 병원 중환자실은 면회 시간이 하루에 딱 한 번, 오전 11시부터 오전 11시 20분까지로 오로지 20분으로 제한되어 있었다. 다음 날 중환자실에서 인공호흡기를 장착한 채 의식 없이 잠만 자는 나를 보며 남편은 울컥했지만 마음을 어루만지는 따스한 목소리로 말했다.

"은빈아, 괜찮아. 수술 잘됐어. 이제 곧 일어날 거야. 우리 빨리 놀러 가자."

면회 시간 이후로는 중환자실에 들어갈 수 없어 나를 볼 수 없었지만 남편은 저녁때마다 중환자실 앞에 앉아 있었다. 나와 가까이 있고 싶었고, 부디 마음이 전달되길 바라며 중환자실 문 바로 앞에 앉아 있었다고 했다. 내 편은 그렇게 중환자실에 앉아 기도하며 내가 볼 수 없음에도 메시지를 보냈다.

~~~~~~

여보, 나 왔어. 지금 중환자실 문 앞에 여보랑 제일 가까운 곳이야. 회사 출근했는데 많은 분이 걱정해 주시고 기운 주셔서 여보한테 전달하려고 왔어. 우리 여보의 유튜브 보면서 왔는데 어쩜 말을 그렇게 잘하는지. 우리 이쁜 여보, 정신 바짝 차리고 힘내서 빨리 회복하자. 나도 좀 힘들었는데 그래도 씩씩하게 버티기 위해서 평상시처럼 행동하려고 노력하고 있어. 여보

만큼 힘들진 않겠지만 말이야. 여보는 나보다 더 씩씩하고 강한 사람이니까 걱정 없어. 장인어른, 장모님하고 같이 지내니깐 아주 든든하고 좋아. 내일도 두 분 다 오실 거야. 걱정 덜 하실 수 있도록 눈 크게 뜨고 반겨줘. 우리 여보 믿어. 사랑해.

~~~~~~
~~~~~~

여보, 뚱목이 왔어요. 오늘은 형님네서 다 같이 저녁 식사했어. 형수님께서 조퇴하고 음식을 준비해 놓으셨더라고. 맛있게 잘 먹고 은빈이랑 가까이 있고 싶어서 왔어. 여보 호흡기 뗐다고 들었어. 정말 회복 속도가 빠른가 봐. 역시 우리 은빈이는 의지가 강하고 잘 견디고 있구나 싶어. 여보 냄새가 그립다. 오늘 저녁에는 정말 평상시처럼 웃으면서 떠들고 맛있게 먹었어. 우리 여보 기운 내려면 가족들이 든든하게 버텨야 한다고 생각해. 우리가 처져 있으면 여보한테 힘찬 기운을 어떻게 주겠어. 여보 호흡기 뗀 모습도 빨리 보고 싶다. 은빈이 힘내고, 여보 곁에는 많은 사람들이 함께하고 있어. 이겨내자. 사랑해.

~~~~~~

"나를 알아보지 못하더라도
사랑해, 은빈아"

수술 후 4일째 되는 날, 인공호흡기를 떼어냈다. 남편은 드디어 내 얼굴을 볼 수 있다는 생각에 가슴이 두근거렸다고 했다. 중환자실로 들어서기 전, 남편은 너무 들뜨지 않도록 마음을 다잡았다. 설레던 마음도 잠시, 그는 나와 눈을 마주치자마자 심장이 욱신거렸고 목이 메어 쉽게 말을 꺼내지 못했다. 핏기 없이 창백한 내가 서늘하면서도 날카로운 눈빛으로 남편을 째려보듯이 바라봤기 때문이다. 의사가 말한 대로 언어장애와 인지장애로 사람을 알아보지 못하는 건가 싶어 두려웠지만, 남편은 활기 넘치는 씩씩한 목소리로 말을 건넸다.

　"여보, 나야! 너무 보고 싶었어."

나는 곧바로 대답했다.

　"오빠? 나 좀 꺼내줘. 여기서 나갈래. 집에 갈래."

평소 나는 남편을 여보나 뚱목이라고 불렀다. 남편의 이름은 승목이지만 포동포동한 뱃살과 동그랗게 부푼 볼이 내 눈에는 너무나 귀여웠기에 '뚱뚱이'를 이름과 붙여 뚱목이라고 불렀다. 오빠라고 부른 적은 없었다. 남편은 내가 그를 제대로 알아보지 못한다는 걸 느꼈지만, 잘못 불렀다고 하거나 자신이 누구인지 설명하지 않았다. 다만 내가 중환자실에 누워 있는 걸 질색하는 모습에 집중하며 현재의 상황을 알려주었다.

　"여보, 은빈아. 집에 가면 좋겠지만, 은빈이가 머리를

크게 다쳐서 지금 여기는 병원이야. 수술도 네 시간이
나 넘게 했고, 허리가 부러진 상태라 지금은 누워 있어
야 해."

그러자 나는 큰소리로 "아니? 아니! 꺼내줘, 꺼내줘, 오빠.
오빠!"라고 울부짖었다. 침대 난간에 묶여 있는 양손을 떼
어내려고 주먹을 꽉 쥐며 흔들어댔다. 부쩍 꺼칠하고 수척
해진 남편은 금방이라도 울음을 터트릴 듯했다. 나는 고개
를 돌리며 간호사들에게 "꺼내줘!"라며 괴성을 질렀다. 중
환자실 면회 시간 20분은 그렇게 지나갔다. 남편은 회사로
돌아가기 위해 차에 타자마자 멍하니 눈물을 흘렸다고 했
다. 그는 무턱대고 유튜브 〈위라클〉의 크리에이터인 박위
형님에게 전화했다.

　"형, 지금 은빈이는 내가 누군지 말을 못 해. 침대에 묶
　인 몸을 풀어달라고만 해."
　"의사 선생님은 뭐라셔?"
　"언어를 담당하는 뇌가 많이 손상돼서 이해하는 능력
　이 떨어질 거고… 말할 수는 있는데, 관련 없는 말일

수 있다고 하셨어."

"걸을 수는 있어?"

"아직은 못 걸어. 허리도 골절돼서 지금은 누워 있어야 해. 허리 수술하면 나중에는 걸어 다닐 수 있대. 다 괜찮을 것 같은데…. 의사가 언어나 인지 능력이 손상돼서 의사소통이 원활하지 않을 수 있다는 건 얘기해 줬는데, 내가 실제로 보니까 말은 하는데 은빈이 같지가 않아. 막 성질내고, 내가 누군지 모르는 것 같고…. 나한테 오빠라고 하고, 엄마한테 아줌마나 아빠라고 하고. 그래도 형, 은빈이 좋아지겠지?"

"승목아, 당장의 상황에 집중해서 생각하지 말고 좋아질 것만 생각하자. 마음을 조금은 길게 잡아. 지금 당연히 너무 힘들겠지만…. 그래도 살아났잖아. 희망을 잃으면 안 돼. 승목아, 나 병원에 있을 때도 아예 말을 못 하셨던 분이 있었거든? 그런데 나중에 말도 하시고 생활도 더 잘하시고 그랬어."

"응, 형…. 그 말을 듣고 싶어서 전화했어."

전화 내용은 박위 형님이 나를 응원하러 병원에 왔을 때

전해주었다. 남편이 나를 얼마나 사랑하는지 보여주기 위함이었을 것이다. 회사 업무를 마치고 퇴근한 남편은 다시 나를 찾아왔다. 그리고 중환자실 바로 앞 의자에 앉아 메시지를 남겼다.

여보, 나 또 왔어. 오전에 봤는데 여보가 말도 하고, 성질도 내더라. 나를 보며 오빠라고 하는데… 말을 제대로 못 하는 것 같아서 마음이 너무 아팠어. 여보도 많이 힘들고 답답하지? 계속 도와달라고, 집에 간다고 하는데… 당장 도와줄 수가 없어서 미안해. 여보가 가장 아프고 힘들겠지만, 조금만 더 힘내서 버텨주면 지금보다 훨씬 좋아져서 가족들과 이런저런 대화도 많이 할 수 있을 거야. 의사는 여보가 언어 쪽으로 문제가 생기고 이해하는 능력이 떨어질 거라고 했는데, 아직 말을 시작한 지 얼마 안 지났잖아? 재활 열심히 하면 무조건 좋아질 거야. 우리 같이 힘내고, 이겨내자. 사랑해, 여보.

이후에도 중환자실에서 나는 화를 낼뿐만 아니라 "나 그냥

죽을래"라고까지 말해 남편은 속이 타들어갔다. 중환자실에서 일반 병실로 옮기자 그때부터 조용해졌지만 불안한 듯 입술을 매만지며 생각에 잠겼다고 한다. 가족들은 한 명씩 내가 누구냐고, 내 이름이 뭐냐고 물어보았다. 나는 가족들의 이름을 하나도 기억하지 못했다. 실낱같이 가느다란 목소리로 "누구지? 이름이 뭐지?"라고 말했다.

'이름을 잊어버리다니. 이런 게 바로 의사가 말한 언어장애인 건가?' 하고 남편은 참담함을 느꼈지만 동시에 괜찮다고 마음을 바로잡았다. '나를 잘 알아보지 못하더라도, 언어장애, 인지장애를 겪게 되어도 괜찮아. 내 말은 듣고 있으니까. 내 말을 들을 수는 있으니까'라며 오히려 밝고도 진실되게 미소 지으며 말했다.

"은빈아, 나는 김승목이라고 해. 은빈이 정말 예쁘다."

그는 매일 나를 볼 때마다, 눈빛을 마주하는 순간마다 예쁘고 귀엽다며 조곤조곤 말했다. 점차 기억이 돌아오고 머리뼈가 찌그러진 모습을 보며 충격받은 내 곁에서도 여전히 사랑스럽다고 표현했다.

"은빈아, 오늘은 만개한 꽃처럼 화사하다."

"어? 비누 향이 날 듯 깨끗하고 선한 인상인데?"

그 말에 나는 머리를 벅벅 긁으며 "뭐래? 뭐라는 거야"라거나 고개를 가로저으며 대화를 매끄럽게 이어나가지 못해도 남편은 계속해서 말했다. 나의 눈, 코, 입 등을 가리키며 더 구체적으로 말했다.

"오우, 유리알처럼 투명하게 반짝이는 눈동자라니!"

"우아하게 쭉 뻗은 콧날!"

"은빈이의 고집스럽게 다문 입술! 작지만 도톰하고 촉촉한 입술! 절로 시선이 가는 관능적인 입술과 부드러운 턱선이라니! 이러니 안 예쁘고 배겨?"

그럴 때마다 나는 가만히 지켜보며 그 말들을 들었다. 유리알, 눈동자, 턱선, 콧날이라니 그 당시에는 아주 오랜만에 들어보는 듯한 단어였다. 귀 기울여 들으면서 살짝이라도 배시시 웃었는지, 인상을 찡그렸는지는 기억나지 않는다. 다만, 남편의 생각이 맞았다. 나는 듣고 있었다. 귓가를 간질이는 듯한 그의 매끄러운 음성, 마음을 어루만지는 따스한 목소리, 무엇보다 그가 분명하게 말하는 문장과 단어를 들으며 눈을 느리게 깜빡거렸다.

내 편 🤍

여보 나왔어 지금 중환자실 바로 문 앞에
여보랑 제일 가까운 곳이야 회사 출근했는
데 많은 분들이 걱정해주시고 기운주셔서
여보한테 전달 좀 하려고 갑자기 왔어 우리
여보 유튜브 보면서 왔는데 어쩜 말을 그렇
게 잘하는지 우리 이쁜 여보 정신 바짝 차
리고 힘내서 빨리 회복하자 나도 좀 힘들었
는데 그래도 씩씩하게 버티려고 평상시처
럼 행동하려고 하고 있어 여보만큼 힘들진
않겠지만 여보가 더 씩씩하고 강하니깐 걱
정없어 장인장모님하고 같이 지내니깐 아
주 든든하고 좋아 내일도 장인장모님 오실
거야 걱정 덜 하시게 눈 크게 뜨고 반겨줘
우리여보 믿어 사랑해🖤

오후 9:48

 내 편 🤍

여붕 똥복이 왔어유
오늘은 형님네서 다 같이 저녁식사 했어 누
나가 조퇴하고 음식준비 다 해 놓으셨더라
고 맛있게 잘 먹고 은빈이랑 가까이 있고
싶어서 왔어 여보 호흡기 뗐다고 들었어 정
말 회복 속도가 빠른가봐 역시 우리 은빈이
는 의지가 강하고 잘 견디고 있구나 싶어
여보 냄새가 그립다
오늘 저녁시간 정말 평상시처럼 웃으면서
떠들고 먹었어 우리 여보 기운내려면 가족
들이 든든하게 버텨야 된다고 생각해 우리
가 쳐져있으면 여보한테 기운을 어떻게 주
겠어 여보 호흡기 뗀 모습도 빨리 보고싶다
내일은 장인 장모님 또 오실거고 나는 목요
일에 올게 은빈아 힘내고 여보 곁에 많은
사람들이 함께 하고 있어 이겨내자 사랑해
🖤

오후 9:01

 내 편 🤍

여보 오늘은 운 좋게 방금 여보 만났네 그
래도 내 이름 말해줘서 너무 기특하다 우리
여보 계속 답답한지 나가고 싶어하는데 조
금만 더 힘내고 참자
오늘 재활병원 여기저기 알아보고 왔어 치
료시간이 많은 곳이 좋다는데 내가 잘 찾아
보고 잘 결정할게 욜여보 최대로 회복 할
수 있도록 선택할거야
장인장모님은 삼부리가셨어 일요일에 오실
거야 이것저것 짐좀챙기신다길래
나도 형님네랑 저녁먹기로해서 가볼게 우
리 다 최선다할게 걱정하지마 사랑해🖤

오후 6:27

148

우리 아빠를
소개합니다

2025년 1월 27일은 설 연휴였기에 뚱목이와 늦잠을 자다 오전 11시에 일어났다. 엄마는 3주가 지나도록 시골에서 지내고 있었다. 침실에서 터덜터덜 걸어 나와 물을 마시는데, 아빠가 잘 잤느냐고 물어보았다. 깔끔한 옷을 보니 외출했다 돌아오신 듯했다.

"아빠, 어디 갔다 왔어? 설마 병원 다녀왔어?"

애석하게도 내 말이 맞았다. 아빠는 일어나자마자 혼자 병원에 다녀왔다. 2024년 1월 27일은 내가 다친 날로 온 가족이 응급실과 수술실에서 시간을 보냈다. 나는 1월 28일 새벽에야 중환자실로 넘어갔다. 오늘 아빠는 응급센터 출입구부터 시작해 응급실, 수술실, 중환자실, 신경외과 진료실, 병원 앞 산책로까지 살펴보고 왔단다. 그냥 좀 쉬지 뭐하러 다녀왔느냐고 아빠를 다그쳤다.

"딱 1년 전 오늘의 참담했던 상황을 기억하면서도 또다시 각오를 다지고자 다녀왔어. 그저 은빈이의 회복을 바라는 마음으로. 그런데 또 애달팠던 건, 오늘도 환우분들이 참 많더라. 구급차에 실려 오는 사람도 있고…. 우리는 이제 아픈 사람의 사정을 헤아리게 되었으니 그들에게 힘을 드릴 수 있게 더 빨리 극복해 나가자.

은빈이가 죽음 앞에서 얻게 된 두려움 덕분에 우리는 두려움에 떠는 사람들과 기꺼이 함께 두려워할 수 있을 거라고 생각한다. 앞으로 타인의 상황에도 나를 놓아보는 연습을 끊임없이 하며 살아가게 될 거야. 불운을 정면으로 맞닥뜨린 다른 사람의 더 큰 두려움을 함께 맞서다 보면, 그들과 더불어 한층 단단해질 것이라고 믿는다."

모두가 신경 쓰지 않는 그날에도 혼자 병원에 다녀온 아빠는 담담하게 말했다. 아빠의 속마음은 늘 알아차릴 수가 없었다.

✱ 나는 자연스럽게 아빠의 이야기가 궁금해졌다. 아빠를 더 잘 알아가기 위한 시작은 질문이라는 생각이 들었다. 아빠 앞에서는 내 얘기만 쏟아붓는 나지만, 이제는 아빠에게 질문하려고 한다. 아빠, 아빠가 가장 좋아하는 음식은 뭐야? 가장 행복했던 때는 언제야?

퇴원한 뒤 나와 가장 많은 시간을 보낸 사람은 아빠다. 집에 돌아와서는 예전부터 가고 싶었지만 다치기 전에는 바빠서 다음으로 미뤘던 곳에 방문하고 싶었다. 뚱목이는 내가 건강해지는 모습에 좋아했던 테니스를 다시 시작했다. 엄마는 바깥에 나가는 걸 싫어한다고 똑 부러지게 말했다.

아빠는? 내가 가고 싶은 곳, 먹고 싶은 것 모두 아빠도 가고 싶고 먹고 싶다고 말했다. 솔직하게 말하라고 하면 솔직하게 말한 거라며 히죽 웃었다.

입맛에 맞는 음식을 찾기 위해 아빠와 서울, 경기도, 지방을 누볐다. 간혹 내가 잘 먹기라도 하면 아빠는 이곳이 맛집이라며, 독특한 맛과 향, 혀에 댈 때 느껴지는 감각을 설명해 주었다. 내가 마치 후각장애는커녕 미식가가 된 것처럼 말이다. 언어와 단어 공부를 집에서만 하면 뒹굴뒹굴할 것 같아 카페로 향했다. 카페를 좋아했던 나는 아빠와 별의별 카페를 돌아다니며 즐거움을 만끽했다. 지금 이 글도 아빠와 둘이 카페에서 쓰고 있다.

친구들을 만나는 날이면 아빠는 나를 데려다주고 어디선가 기다렸다가 헤어질 때쯤 다시 데리러 왔다. 택시를 타겠다고 했는데도 "아빠도 마침 그 근처에 일이 있어. 볼일 보고 있을게"라고 말했고, 그 볼일이 대체 무엇인지 나는 아직도 모른다. 환자를 위로하기 위해 병원에 갈 때도 아빠는 같이 갔다. 발달장애인 화가의 그림을 구매하러 가는 날에도 아빠와 함께였다.

강연으로 이곳저곳 이동해야 할 때면 아빠는 조용히 운전했고, 나는 원고를 들여다보았다. 짧게는 40분에서 길게는 2시간까지 강연하는 동안 아빠는 핸드폰으로 사진과 영상을 찍어주었다. 덕분에 강연하는 장면 또한 나만의 이야기, 나만의 기록으로 남게 되었다.

아빠는 경련 후유증을 걱정한 걸까? 안면 부위에 나타날 수 있는 경련 후유증 증상으로는 안면경련, 안면마비, 얼굴비대칭 등이 있다. 안면경련은 얼굴 한쪽의 눈, 볼, 입, 턱 주위 근육이 불규칙적으로 수축하는 증상이다. 반측성 안면경련이라고도 하며, 흔히 입이 돌아갔다고 말하는 안면마비와는 다르다. 안면마비는 얼굴 근육을 움직이는 안면 신경의 기능에 문제가 생겨 얼굴에 마비가 발생하는 증상이다. 한쪽 얼굴 근육의 움직임이 감소해 얼굴을 움직일 때 양쪽이 비대칭이 된다. 얼굴비대칭은 안면마비 등의 후유증으로 얼굴이 비대칭해지는 것이다.

주치의 선생님은 경련 후유증은 환자 본인이 알아차릴 수 없으니 곁에 있는 사람이 주시해야 한다고 말했다. 그리고 머리 골편이 제거된 자리를 자가골편으로 대체하는 수술을 했기에 절대 머리를 부딪치면 안 되고, 관자놀이 왼쪽 뼈 3센티미터가 비어 있기에 공도 맞으면 위험하다고 덧붙였다. 아빠는 내가 또 넘어지면서 머리를 부딪칠까 봐 염려한 걸까? 아니면 심리적으로 위축될까 봐 괘념한 걸까?

아빠의 속내를 나는 여전히 잘 모른다. 아빠가 좋아하는 음식과 음료, 간식까지 모두 다 모른다. 평생 내가 좋아하는 걸 좋아한다고 말하는 아빠다. 바보 같은 나는 아빠가 말하는 것보다 듣는 걸 좋아하는 줄 알았다. 가족뿐만 아니라 친척들까지 끼는 날에는 아빠의 목소리조차 들리지 않았다. 아빠야 원체 잘 들어주는 사람으로 우리 사이에서 자리 잡았기에 적절한 호응과 웃음으로 자리를 지키면 모두가 만족하는 채로 술자리는 무르익었다.

친척들과 엄마와 나는 몇 시간이고 이어지는 술자리에서 아빠에게 뭔가를 물어보지 않았다. 아빠는 언제나처럼 속내를 드러내지 않고 관심을 다른 누군가에게로 돌릴 사람이라고 생각했다. 여태껏 나는 그저 내가 말을 재미있게 잘하는 줄로만 알았다. 아빠 앞에서 끝없는 수다쟁이가 될 수 있었던 건, 내가 말하기 전에 아빠가 구석구석 물어보았기 때문인 줄도 모르고 말이다.

환자와 보호자, 친구들의 이야기를 듣고 또 들으며 지내는 요즘에는 온 마음을 다해 들어주는 시간도 때로는 몹시 고되다는 걸 알게 되었다. 나는 자연스럽게 아빠의 이야기가 듣고 싶어졌다. 아빠를 더 잘 알기 위한 대화의 시작은 질문이라는 생각이 들었다. 아빠의 이야기를 하라고 재촉하면서도 내 얘기를 쏟아붓는 나지만, 이제는 아빠에게 질문하려고 한다. 아빠가 가장 좋아하는 음식은 뭐야? 아빠가 가장 행복했던 때는 언제야? 아빠가 아직 이루지 못한 꿈이나 목표는 뭐야?

그래도 여기,
살아가는 모녀가 있다

내가 결혼한 날에는 신부인 나에 대한 말보다 엄마의 미모에 대한 칭찬이 한껏 쏟아졌다. 흰머리에 볼륨을 한껏 살리고 은은한 혼주 메이크업을 한 엄마가 참 우아하고 곱더라는 말이었다. 엄마는 내 결혼식 전에 염색을 할까 고민도 했다. 애초에 할 생각이 없었는데 옆에서 이모들이 그래도 혼주인데 염색은 해야 하지 않느냐고 부추겼던 탓에 잠시 고민했던 것 같다.

"꼭 해야 하나? 어차피 계속 시골에서 지낼 텐데?"

내게 물어본 엄마의 속내는 뻔했다.

"그래, 안 해도 되지."

이런 대답을 듣고 싶은 내색이었고, 나는 엄마가 듣고 싶은 말을 그대로 해주었다. 몇 달 뒤 결혼식 날 찍은 사진을 받았다. 시골로 내려간 나는 아빠와 엄마를 노트북 앞에 앉히고 사진을 한 장씩 보여주었다. 나는 이미 다 훑어본 터라 별다른 감흥 없이 사진을 보여주고 샤워를 하러 갔다. 다 씻고 머리까지 말리고 나왔는데 엄마는 여전히 돋보기를 낀 채로 노트북 앞에 앉아 있었다. 그렇게 한참을 보고 있었나 보다. 드디어 끙차 소리를 내며 무릎을 잡고 자리에서 일어난 엄마가 한마디했다.

"주름이 너무 많다!"

주름이 많기는 했다. 엄마는 피부가 하얀 데다가 얇기까지

157

해서 일찍부터 주름이 많이, 깊게도 생겼다. 그래도 잘 웃고 표정이 풍부한 편이라 얼굴 여기저기에 자리 잡은 주름은 엄마가 웃을 때마다 깊게 파이며 웃는 얼굴을 더 돋보이게 만들어줬다. 그러니 내 결혼식 날에도 모두들 엄마 얘기를 했겠지.

자리를 뜬 엄마 대신 앉아 사진을 넘겨보았다. 하객들을 맞이하며 천진난만한 웃음을 짓는 엄마, 다리가 아픈데도 일부러 와준 친한 언니의 손을 잡으며 울음을 터뜨리는 엄마의 표정을 한 번 더 보았다. 내가 신부대기실에 있을 때 엄마는 이렇게 웃고 울고 있었구나. 사진에 찍힌 엄마의 모습이 이랬구나.

그러고 보니 엄마에게는 제대로 된 사진 한 장이 없었다. 내가 고등학생 때, 그러니까 15년 전에 군복을 입은 오빠와 정장을 빼입은 아빠와 폴로 티셔츠를 입은 나와 찍었던 가족사진이 엄마가 사진관에서 찍은 마지막 사진이었다. 나는 승무원 동기들과 유니폼을 입고 몇 번이나 프로필사진을 찍었는데, 인스타그램 속 내 친구들은 보디프로필부터 데이트 스냅 사진까지 다양한 콘셉트와 이유를 앞세워 사진을 찍는데, 엄마는 하나도 없구나 싶었다.

그럼, 지금이라도 만들면 되겠지? 그렇게 나는 엄마에게 제대로 된 사진을 찍어드리기로 결심했다. 문제는 엄마가 그럴 생각이 없다는 것이었다. 사진을 찍자는 말에 엄마는 코웃음을 쳤고, 늙고 주름진 얼굴에 무슨 사진이냐며 가볍게 내 말을 무시했다. 시골집에서 정원 손질, 데크 관리, 텃밭 가꾸기로 바빠 어디에 갈 생각도 하지 않는 엄마는 내가 결혼하고도 2년이 넘는 시간 동안 한 번도 서울에 오지 않았다. 사진은 일찌감치 물 건너간 듯했다. 잠시 의욕적이었던 나도 서울로 온 다음에는 서서히 잊어버렸다.

그러다가 친척 결혼식 때문에 엄마가 2년 만에 서울에 왔다. 서울에 온 김에 며칠 더 있으라고 말해도 김장을 하려고 배추 심어놓은 것만 180포기라고, 바로 집에 간다고 했다. 겨우 말리고 말려 하루를 더 붙잡아놓을 수 있었다. 서울에 온 엄마를 붙잡아야 했던 이유는 단 하나. 2년 전 무산되었던 엄마의 프로필사진 찍기 프로젝트를 실행하기 위해서였다.

이번에는 꼭 사진을 찍어야 한다고 고집부리는 내게 엄마는 "하기야 나중에 영정 사진도 필요하니까"라는 말로 맞받아쳤다. 엄마에게는 프로필사진이라는 개념조차 없었고, 동네 사진관에서 증명사진 찍는 모양새로만 짐작하는 듯했다.

나는 아빠에게 부탁해 괜찮은 정장 한 벌을 우편으로 부쳐달라고 했다. 고속버스터미널에서 엄마를 만나 바로 지하상가로 가 폴라티도 하나씩 샀다. 청바지는 엄마가 입고 왔으니 그걸로 됐고, 검은색 정장 원피스는 내 것을 입으면 될 터였다. 다행히 엄마는 운동을 좋아해 에어로빅부터 수영, 골프, 헬스, 요가, 달리기 등 평생 운동을 했기 때문에 자세가 곧고 군살이 없어 내 옷을 말끔하게 소화했다.

결혼식 후에는 친척들과 거나하게 술판을 벌일 거라 생각해서 촬영은 다음 날 오후 5시로 잡았다. 애주가인 엄마는 신나게 소주잔을 비웠고, 다음 날 우리는 느지막이 일어나 짬뽕으로 해장하고 강남의 스튜디오로 향했다. 내가 예약한 스튜디오는 메이크업과 헤어를 함께해 주는 곳이었다. 덕분에 한 콘셉트의 촬영이 끝나고 다른 콘셉트로 찍을 때 현장에서 메이크업을 수정할 수도 있었다.

첫 번째 콘셉트에 맞춰 엄마는 갈색 톤의 니트와 재킷을 입고, 겨자색 정장 바지를 입어 따뜻한 분위기를 연출했다. 내가 미리 아빠에게 소포로 받은 옷이었다. 두 번째 콘셉트로는 검은색 정장 원피스를 입고 빨간 립스틱을 발랐다. 흰머리에 빨간 입술이 돋보였다. 스튜디오 관계자들도 흰머리가 너무 잘 어울린다고 연신 감탄하며 엄마의 메이크업과 머리를 손보고 옷매무새를 다듬어주었다. 중년 여성이 사진을 찍으러 온 건 처음이라고 했다. 엄마는 부끄러운 듯 말했다.

"저도 안 찍겠다고 했는데 쟤가 하도 찍으러 가자고 해서요."

쑥스러운 듯 말했지만 자랑하는 듯 보이기도 했다. 그렇게 말하며 웃는 엄마의 얼굴이 지나치게 환했기 때문이다. 수십 개의 화장품이 놓인 화장대 앞에서 엄마는 근육을 풀려는 건지, 주름을 펴려는 건지 모르겠지만 볼에 바람을 빵빵하게 넣기도 했다. 나는 이따금 핸드폰 카메라로 엄마의 모습을 찍었다.

❀   사진 속 엄마의 웃음 앞에서 나는 무력함을 느꼈다. 다른 중요한 일 앞에서 만만한 존재인 엄마는 매번 뒷

전이었고 그래도 엄마는 매번 웃어주었다. 엄마가 웃는 사진을 계속 보다 보니 미안했던 일들이 떠올라 가슴이 아팠다.

사진을 찍은 다음 날 시골로 간 엄마는 내려가자마자 배추를 뽑고 절이고 김장 준비를 하느라 바빴다. 수백 장의 사진 중에서 보정할 사진 열한 장을 골라야 하는데, 엄마는 들여다볼 생각도, 시간도 없어 보였다.

나 또한 책 작업과 강의로 시간이 없었다. 개인적인 약속도 잡지 못하고 있는 상황이었다. 미루고 미루다 마지막 기한일 밤 12시에 사진을 고르기 시작했다. 약 500장의 사진을 기계적으로 넘기는데 피로가 몰려왔다. 조명 하나만 켜두고 모니터를 응시하니 눈이 침침했다. 하지만 사진 속 엄마의 모습이 근사하고 멋있어 뿌듯한 기분이 들었다. 그래도 피곤하기는 해서 괜히 눈을 세차게 비비던 차에 얼굴이 클로즈업된 사진이 연속으로 나왔다. 엄마가 싫어하던 주름까지 잘 보일 만큼 가까이에서 찍은 사진들이었다. 엄마의 표정이 고스란히 담겨 있었다.

"우리 엄마, 예쁘네. 예뻐."

어두운 방에서 혼자 조용히 말해보았다. 나를 보며 웃던 엄마의 수많은 얼굴이 모니터의 사진 위로 겹쳐졌다. 엄마가 더 많이 웃게 하고 싶었는데, 나는 너무 바빴다. 자랑스러운 딸이 되겠다는 명분을 앞세워 정작 엄마를 그 먼 시골에 홀로 두었다. 엄마의 웃는 모습을 잡아두고 싶은 마음에 의욕적으로 찍은 프로필사진이었는데, 더 늙기 전에 우리 엄마도 그럴싸한 사진 한 장 남겨보자는 마음이었는데, 사진 속 엄마의 웃음 앞에서 나는 무력함을 느꼈다.

다른 중요한 일 앞에서 만만한 존재인 엄마는 매번 뒷전이었고, 뒤로 밀리기만 했던 엄마는 그래도 매번 웃어주었으니 엄마가 웃는 사진을 연속해서 보는 일은 가슴 아플 수밖에 없는 일이었다.

그래도, 여기 이곳에서 우리 모녀는 여전한 삶을 살아내고 있다. 위대하게 사는 게 중요한 게 아니라 살아내는 일 자체가 위대하다고 한다. 내가 생각하기에 중요한 건 그저 살아가는 삶이 아니라 살아가듯 사랑하는 일이다.

엄마의 앞날이 반짝이도록 밝혀주며 부지런히 상상해 보

는 일, 그것이 내가 부모님을 사랑하는 방식일지도 모르겠다. 무엇보다 엄마가 생각지도 못했던 일이 엄마 삶에 자꾸 끼어들어 오기를, 노령 연금을 받는 65세면 인생 다 살았다고 말하는 게 아니라, 인생 참 재미있다고 느낄 수 있기를, 엄마의 남은 삶이 지금까지 살아온 삶보다 더 다채롭고 풍요롭기를 바라며 나부터 엄마의 앞으로를 상상하는 여전한 오늘이다. 누군가를 사랑하는 일은 그 누군가의 앞날을 미리 상상하는 일일지도 모른다. 시간이 지나도 따분하거나 시시해지지 않게, 앞날이 여전히 설레고 반짝일 수 있도록 먼저 상상해 주는 사랑 말이다.

4부

삶이라는 축제에 여러분을 초대합니다

찌그러진 사람에서
다시 빛나는 사람으로

"은빈 씨, 언제든지 놀러 와. 심심한 날, 울적한 날에 그냥 놀러 와. 같이 수다나 떨자."

두 번째 수술인 두개골 복원수술을 성공적으로 마치고 3주 만에 병원에서 퇴원하기 전 주치의 선생님이 대뜸 말을 던졌다. 생각보다 회복이 빨랐고 세균 감염도 되지 않아 더 빨리 퇴원할 수 있었다. '퇴원'이라는 말에 기뻐야만 하는데 두렵기도 했다. 반년 동안 병원에서 지내며 익숙해졌기 때문일까, 병원이 아닌 바깥세상에서 잘 지낼 수 있을지 도통 믿기 어려웠다.

'또 넘어져서 다치면 어떡하지. 머리가 욱신거릴 땐 간호사가 강한 진통제를 놔줬는데, 혼자 있을 때 아프면 어떡하지? 과연 내가 퇴원해서 잘 지낼 수 있을까.'

주치의 선생님은 퇴원하라는 말에 밝아지기보다 걱정하는 마음을 알아차린 듯 언제든지 놀러 오라고 말씀해 주셨다. 너무나 고마웠다. 맨날 놀러 갈 수야 없겠지만, 그 말씀만으로도 든든했다. 어차피 퇴원하더라도 매일 치료를 받으러 병원에 가야 했고, 한 달에 한 번 약을 처방받기 위해서라도 주치의 선생님과의 만남은 보장되었다.

머리를 다쳐 개두술을 했고, 복원수술까지 했지만 여전히 관자놀이 왼쪽 뼈 3센티미터 정도가 없다. 다 으스러졌기에 움푹 팬 게 보일 정도다. 주치의 선생님은 젊은 내가 안타까우셨는지 나중에 머리카락으로 살짝 가리면 된다고 말씀하셨다. 나부터 내 모습을 받아들여야 씩씩하게 살아갈 수 있다고 생각해 아무렇지 않은 듯 말했다.

"아니에요, 선생님! 저 유명한 강사가 될 텐데, 머리 다친 티가 나야죠. 머리 다치고 뇌출혈로 좌뇌 95퍼센트가 손상되었는데도 자신 있게 말하는 강사로 사람들에게 용기와 희망을 줄 거니까요. 선생님, 저는 티 나는 게 좋아요."

주치의 선생님은 너그럽게 웃으며 내가 괜찮다고 해도 본인은 볼 때마다 속상할 거라고 하셨다. 물론 처음부터 강의를 할 수 있는 건 아니겠지만 나는 다시 강사가 되고 싶었고, 될 수 있을 거라고 생각했다. 그렇게 믿어야만 했다.

우연인지 한 고등학교에서 강연 요청이 들어왔다. 다시 강의할 수 있다는 생각에 신나는 한편, 강연 주제와 내용에 관해 이야기를 나누던 담당자는 내가 다친 걸 모르는 것 같았다. 그래서 내 유튜브와 뉴스 기사를 소개하며 사고 소식을 알렸다. 실어증 환자지만 철저하게 강연을 준비해 청중의 마음까지 사로잡겠다고 덧붙였다.

그 때문인지는 모르겠지만 강의는 취소되었다. 기가 죽고 우울했지만, 이를 계기로 더 열심히 언어치료를 받아야겠다고 다짐했다. 그 후 이재웅 언어치료사와 강연 원고부터 집필했다. 실제로 청중이 눈앞에 있는 것처럼 상상하며 강연 연습까지 이어나갔다. 때마침 시니어를 대상으로 하는 강연이 들어왔다. 더뉴그레이 대표님은 이렇게 말씀하셨다.

"우자까 님이 용기 있게 헤쳐나가는 모습 자체가 귀감이에요. 청중인 시니어들도 다들 멋진 삶을 살아왔고, 우자까 님의 이야기를 공감할 수 있는 사람에게 전달하길 바라는 마음이에요."

나는 바로 답변드렸다.

"그렇다면 걱정과 두려움에도 불구하고 용기를 가질 수 있는 방법을 주제로 준비해 보겠습니다!"

두 달 동안 강연 원고를 작성하고 수정했고, 이재웅 언어치료사는 열네 번이나 첨삭해 주었다. 원고를 보며 하루에 두 시간 이상 말하기를 연습했다. 중장년층에게 용기와 희망을 주제로 한 강연이라니, 너무나 긴장되는 마음이었다. 시니어 모델인 청중들은 나보다 훨씬 더 성공적인 삶을 살아왔고, 도전과 용기로 가득할 줄 알았기 때문이다.

강연할 때 혹시나 경직이 있을까 봐 일부러 일찍 도착해 청중과 차를 마시며 대화하는 시간을 가졌다. 그리고 그들도 나와 다르지 않음을 알게 되었다. 그들에게도 후회되는 나날, 걱정되는 마음으로 용기 내기 두려운 현실이 있었다. 나 역시 아직 환자였고 휴식이 필요한 시기였지만, 그럼에도 불구하고 늘 도전하고 싶은 욕망은 그분들과 똑같았다. 좀 더 충만해진 마음으로 차분하면서도 덤덤하게 강연을 시작했다. 강연 마지막에는 병원에서 지낼 때 산책로에서 보고 읽게 된 한 편의 시를 소개했다.

"나는 지금 아흔다섯 살이지만 정신이 또렷합니다. 이제 나는 하고 싶었던 어학 공부를 시작하려 합니다. 그 이유는 단 한 가지, 10년 후 맞이하게 될 백다섯 번째 생일날 아흔다섯 살 때 왜 아무것도 시작하지 않았는지 후회하지 않기 위해서입니다."

많은 청중이 눈물을 흘렸다. 덕분에 기대되는 마음이었다. 60세에, 아니 70세, 80세에도 계속해서 새로운 시작을 하고 용기를 낼 그들이 기대되는 마음이었다. 강연 이후 사진 찍으며 SNS 계정을 교환했고, 지금도 서로를 응원하며 연락을 주고받는다.

❧ 다시 청중 앞에서 강연하게 되었으니 즐거우면서도 피곤하고 머리가 아플 수 있어요. 보통 사람들도 수많은 사람을 상대하는 자리나 발표를 무서워하잖아요? 병에 유의하는 것도 좋지만, 병 때문에 무기력해지거나 포기하지 말아요.

그렇게 강연을 시작하게 되었지만 이명현상으로 난처할 때가 많았다. 강연할 때는 원고의 흐름과 청중의 반응에 따라 말의 세기와 높낮이, 속도와 호흡까지 조절해야 하는데 쉽지 않았다. 나만의 에피소드는 마치 친구와 이야기하듯 자연스럽게 말해야 집중력과 몰입도를 높일 수 있기에 목소리 연습이 중요했지만, 이명현상이 심해 말할 때마다 내 목소리가 귀에서 시끄럽게 울리며 아팠다. 강연이 끝나면 목소리를 낼 수조차 없었다.
하루는 언어치료를 마치고 간호사에게 물어보러 갔다.

"제가 출혈이 심해서 왼쪽 귀로도 피가 쏟아져 청각 손상으로 청력 저하가 있을 것이고, 이명현상이 따라올 거라고 주치의 선생님께서 말씀하셨는데요, 혹시 조금이라도 나아질 수 있는지 알고 싶으면 이비인후과에 가면 될까요?"

내 목소리가 들렸는지 주치의 선생님이 문을 열더니 왜 왔느냐고 물었다. 늦은 오후였기에 퇴근하려고 옷을 갈아입으셨는지 가운 없는 평상복이었다. 똑같은 질문에 주치의 선생님은 "평생 그렇게 살아야 한다"라고 말했다. 만난 김에 더 물어봐야겠다는 생각에 끊임없이 질문했다.

"제가 요즘 강연이 끝나자마자 두통과 피로감이 몰아치는데요. 머리를 다쳐서 그런 거겠죠? 1년, 2년 후에는 조금 나아질까요?"

"아니요, 평생 그렇게 살아야 해요."

"아하, 알겠습니다. 그리고 관자놀이 왼쪽 뼈 3센티미터 정도가 비어 있어서 그런가… 음식을 씹어 먹을 때마다 왼쪽 윗부분 이가 아픈데요. 진통제를 더 먹으면 될까요?"

"맞아요, 왼쪽 관자놀이 뼈가 조금 깨져 비어 있는 상태니까 아플 수밖에 없어요. 평생 그렇게 살아야 합니다."

"아하?"

그 순간 우리는 속 시원하게 깔깔대며 웃었다. 한참을 웃고 난 뒤 주치의 선생님은 조곤조곤 일러주셨다.

"아픔은 지나갔어요. 물론 질병이나 치료 후에 남는 신체적 또는 정신적 후유증은 무시할 수 없어요. 하지만 어느 정도는 받아들이고 익숙해져야 합니다. 무뎌질 거예요. 아픔에 집중하지 말아요.

왼쪽 귀로도 피가 쏟아졌고 상당량은 제거했지만 고여버린 피가 그대로 굳어버렸다면 청각장애를 겪게 됐을 거예요. 그래서 처음에 청각장애로 판정을 내렸던 거고요. 그런데 그들먹하게 괴어 있던 피가 녹아내려서 다행히 청각장애가 아닌 이명현상으로 자리 잡은 거잖아요? 이명현상으로 귀가 아프겠지만, 청각장애가 아님을, 더 잘 듣고 말할 수 있음에 감사하며 그 사실에 집중해요.

다시 강사가 되고 싶었던 은빈 씨가 많은 청중 앞에서 강연하게 되었으니 즐거우면서도 동시에 피곤하고 머리가 아픈 것도 당연해요. 일반인도 수많은 사람을 상대하는 자리나 발표, 강의를 무서워하잖아요? 병에 유의하는 것도 좋지만, 병 때문에 무기력해지거나 포기할까 봐 그래요. 포기하지 말아요."

눈앞이 트이는 느낌이었다. 아프다고 여기에서 멈추면 안 되겠구나. 이후로 강의가 들어올 때마다 이명현상에 익숙해지기 위해 집에서도 실전처럼 연습했다. 직접 소리 내어 원고를 읽으며 발성과 발음을 다잡았다. 눈, 입, 손, 팔, 발, 어깨, 허리, 걷기까지 말에 생명을 불어넣는 몸짓 언어라고 생각하며 빠짐없이 연습했다. 표정과 몸짓을 단련하기 위해 말하지 않고 몸짓으로만 표현하기도 했다. 살아 있다는 것 자체가 나에게는 다시 말할 수 있다는 희망이었다.

'긍정'은 아는 것에서 끝나지 않는다. 긍정이라는 의미를 아무리 믿어도, 아무리 많이 알아도 행동으로 실천하지 않으면 내 것이 될 수 없다고 생각했다. 긍정을 실천해야만,

몸으로 살아내야만, 진짜 내 것이 된다. 아프기만 한 사람으로 남고 싶지 않아서, 잘못한 사람처럼 스스로를 가두고 싶지 않아서, 환자, 약, 후유증으로만 나를 정의하지 않기 위해, 나는 나라는 사람을 다시 전체적으로 바라보려고 노력한다.

책의 앞표지와 뒤표지가 다르듯, 네모난 박스의 위아래, 왼쪽, 아래쪽이 다르듯, 사람도 한 면만 보고 판단할 수 없다. 나라는 사람의 한 면이 아니라, 하나의 부족함이 아니라 전체를 이리저리 살펴보면 알게 된다. 나의 한 조각이 부족하다고 해서 나라는 전체가 작아지는 것은 아니다. 오히려 그 부족한 조각 덕분에 나는 더 단단해졌다. 이제 나는 스스로를 다친 사람, 부서진 사람, 머리가 찌그러진 사람이 아니라 '다시 빛나고 있는 사람'이라 부른다. 멈춘 것이 아니라 잠시 쉬었을 뿐이고, 상처가 아니라 나를 더 깊게 만드는 결일 뿐이라고 믿는다. 그리고 오늘도 용기 내어 한 발짝 더 나아간다. 그게 내가 다시 강연을 시작할 수 있었던 이유였다.

이런 저라도
세상을 바꿀 수 있을까요?

〈세상을 바꾸는 15분〉, 즉 〈세바시〉는 정확히 62번 연습했다. 강연을 시작하자마자 자신감이 넘쳐 이렇게 말했다.

"실어증 환자인데 왜 말을 잘할까 궁금하시죠? 이번 〈세바시〉 강연 원고는 제가 쓰고 수정한 다음에 가족, 친구, 언어치료사가 첨삭까지 다 해줬어요. 그리고 딱 62번 원고를 외우고 또 외우고 목이 쉴 정도로 연습했더니 이 정도입니다."

〈세바시〉 유튜브에는 이런 댓글이 달렸다.

> "와, 웬만한 강사님 저리 가라네요. 62번의 노력. 말이
> 62번이지 얼마나 애쓰셨는지 가늠이 안 갑니다. 박수
> 치고 싶습니다. 선한 영향력 받고 갑니다."

MBC 〈강연자들〉 촬영장의 규모는 상상도 못할 정도였다.
마치 문화예술공연장처럼 1층은 강단이었고 2층에서도 나
를 내려다보는 사람들이 많았다. 각종 촬영 장비, 대형 스
탠딩 카메라, 조명 장치로 가득했다. 강연을 시작하기도 전
에 그 분위기에 압도당해 버렸다. 수십 번 이상 강연 원고
를 암기하고 훈련했지만 결국 단어 몇 개를 틀렸다. 단어를
실수한 모습이 그대로 방송에 나왔지만, 오히려 사람들에
게 진실한 모습으로 다가설 수 있었음을 알게 되었다.
주치의 선생님은 조금 길어진 내 머리를 보며 미용실을
추천해 주셨다. 머리가 삐쭉빼쭉 자랄 때쯤이면 파마나
염색도 하고 싶지 않겠느냐며, 100퍼센트 천연 성분 제품
을 쓰는 미용실이라고 소개하셨다. 특히 머리 수술 자리를
한동안 조심해야 했는데 머리 손질에 능숙한 미용사 덕분

에 〈세바시〉와 MBC 〈강연자들〉, 그리고 KBS 〈아침마당〉 촬영 전에 머리를 깔끔하게 다듬을 수 있었다. 미용사님과 대화를 나누다 주치의 선생님도 이곳에 다닌다는 것을 알게 되었다.

❈ 뻔하디뻔한 말인 '노력'은 멈춰진 순간과 기억을, 기가 죽고 쪼그라든 마음을 하나씩 밀고 전진하는 것만으로도 이어져 나가는 것 아닐까.

다친 지 1년도 채 안 되었는데도 유튜브와 강연, 방송 촬영까지 해내는 모습을 많은 사람이 신기하면서도 대단하게 보았다. 분명 때때로 부담스럽고 버겁기도 했지만, 병원에서 재활치료를 받으면서도 쉬는 시간에는 언어 공부와 단어 공부를 했다. 말하는 시간도 활용하기 위해 친구들에게 메시지를 보낼 때는 간단한 카톡이 아니라 길게 촬영한 영상을 전송했다. 그러자 친구들도 안부를 묻거나 자신의 일상을 말할 때마다 메시지가 아닌 영상을 보냈다. 그 덕분에 더욱 애틋하게 서로의 삶을 주고받을 수 있었다.

어느새 다친 지 1년이 되어가니 뇌 가소성이 이제는 활발하지 않으려나 싶기도 했다. '뇌손상이고 뇌 가소성이고 뭐고 평생 숙련하고 훈련하면 되겠지!'라며 단순하게 생각하면서도 한 번씩 뒤숭숭한 마음에 휩싸였다. 병원에서 CT와 엑스레이를 찍고 약을 처방받는 날, 주치의 선생님을 만나자마자 여쭤보았다.

"뇌 가소성? 저는 이해할 수 없어요. 이해하고 싶지 않아요. 저 그냥 계속 공부하면 되겠죠? 선생님도 저보고 포기하지 말라고 하셨잖아요."

선생님은 책상을 톡톡 두드리다가 입을 열었다.

"0.1퍼센트의 작은 변화가 모여 결국 1퍼센트 이상의 성장을 만들어낼 수 있어요. 하지만 환자와 보호자들은 20퍼센트, 30퍼센트의 높은 회복을 기대하기 때문에 대부분의 의사는 무작정 희망을 주지 않으려고 해요. 많은 환자와 보호자 역시 일정 시간이 지나면 회복을 포기하고, 더 이상 시도하지 않죠. 그럼에도 저는 끝까지 포기하지 않는 것이 꼭 필요하고 가장 중요하다고 생각해요."

나는 북받치는 마음이 새어 나오지 않도록 어금니를 꽉 물고 입을 다물었다. 선생님은 이어서 말했다.

"은빈 씨가 응급실에 있을 때, 저는 수술 전에 가족들에게 말씀드렸어요. 살아날 확률은 20퍼센트에서 30퍼센트입니다. 살아나더라도 말을 잘 못할 겁니다. 제가 이렇게 말씀드리면 보통 가족들은 울면서 화를 내거나 살려달라고 외치거나 감정 표현이 격하게 나오는데요, 은빈 씨 아버님께서는 흔들림 없이 잔잔하게 말씀하시더라고요. '살아날 확률… 100퍼센트잖아요. 100퍼센트.' 그래서 제가 '100퍼센트가 어디 있어요?'라고 세게 말씀드렸는데도, 아버님께서는 마지막까지 감정을 억제하셨어요. 그 순간이 아직도 기억에 남아 있어요. 그런데 은빈 씨, 지금 보세요. 은빈 씨 살아났고, 이렇게 말씀도 잘하시잖아요?"

그 이야기를 듣고 진료실에서 나오는데, 그저 미소 지으며 나를 기다려주는 아빠가 눈에 들어왔다. 뻔하디뻔한 말인 '노력'은 멈춰진 순간과 기억을, 기가 죽고 쪼그라든 마음을 하나씩 밀고 전진하는 것만으로도 이어져 나가는 것 아닐까 생각했다.

나는 돌연 명강사가 되고 말겠다며 나만의 도전을 가슴 깊이 새겼다. '김미경 강사님, 김창옥 강사님? 그다음은 나다.' 누군가는 비웃을 수도 있다. 하지만 "무조건 도전부터 하라" "되면 좋고 안 되면 말고!"라는 말 들어보지 않았나? 덧붙이고 싶다. "되면 좋고 안 돼도 10퍼센트는 해냈고! 단 5퍼센트라도 해냈고!"

내가 원하는 만큼, 기대하는 만큼 이뤄지지 않는다고 해서 정말 아무것도 해내지 못하는 건 아니다. 처음부터 의도한 목표는 아닐지라도 다른 방향에서 더 큰 성공을 이뤄낼 수도 있다. 의미 없는 도전은 없다. 모든 도전은 언젠가 생각지도 못한 방향으로 돌아온다.

—

응원과 사랑은
편지를 타고

—

내 책상은 편지로 가득하다. 울적한 날, 자신감을 빼앗긴 것만 같은 날, 나는 무작정 편지부터 집어 든다. 책보다 가볍게 읽을 수 있을뿐더러 마음가짐을 새롭게 다잡아주기 때문이다. 편지를 읽으면 그간의 고통과 괴로움이 사르르 녹아 없어지는 듯하다. 손으로 쓴 글에 마음이 담겨 있음을 절실하게 느낄 수 있기 때문일까.

"메일, 채팅, 앱, 메신저, SNS 등을 통한 소통이 만연한 세상입니다. 메신저와 SNS를 사용하면서 전화 한 통도 잘 안 하게 됐지요. 밥벌이로 바빠 안부 전화를 하는 것도 번거롭게 느껴질 때가 있습니다. 그래서인지 편지와 그 안에 담긴 정성스러운 손글씨가 특히나 그리운 요즘입니다. 한 자 한 자 꾹꾹 눌러쓴 글자에 담긴 그 마음 말이에요. 메신저가 편리하기는 해도 손글씨에서 번져 나오는 은근한 마음까지 대신하지는 못합니다."

첫 번째 책 『나는 멈춘 비행기의 승무원입니다』에서도 편지에 대해 이렇게 썼다. 승무원으로 일하던 시절, 나는 가방에 작은 편지지와 스티커를 챙겨 다녔다. 고령의 승객이 언제 또 비행기를 타겠냐며 마지막 여행이자 비행을 즐길 수 있게 해주어서 고맙다고 하시면 또 뵙자고 편지에 써서 전해드렸다. 어린아이가 탑승하면 몇 번째로 탄 비행기인지 꼭 물어봤다. 처음 비행기를 탔다고 말하면 기념으로 축하 편지를 썼다. 그렇게 기내에서 딱 한 번 만났던 아이가 나를 기억하다니 신기한 일이었다.

우은빈 승무원님? 작가님! 뭐라고 불러야 할까요? 저를 기억하실지는 모르겠지만, 저는 2014년 3월 19일에 ANA항공 비행기를 탔던 꼬마예요. 이제는 고등학교 3학년 열아홉 살이 되어서 꼬마라고 하긴 웃기지만요. 당시 승무원이 꿈이었던 저는 초면에 클레이로 만든 승무원 모형을 작가님께 드렸어요! 사실 그날 작가님께서 주신 편지를 오래된 상자에서 발견해 너무 반가운 마음에 혹시나 해서 SNS를 찾다가 연락드리게 되었어요. 2014년에 초등학교 4학년이었던 저는 고등학교 3학년이 되었고 건축학과에 합격했어요. 안 궁금하실 수도 있지만, 잘 지내시나 궁금했고요. 또 너무 반가워서 연락드리게 되었어요. 이 DM을 작가님께서 보실지는 모르겠지만 꼭 닿기를 바랄게요. 건강하시고, 멀리서도 응원할게요!

DM을 받자마자 답장했고, 우리는 친구가 되었다. 내가 다친 이후에도 연락이 왔다.

언니, 안녕하세요. 저한테는 작가님이라기보다는 승무원 언니로서의 인상이 강해서 오늘은 작가님이 아니라 언니라고 부를게요! 이제야 언니한테 연락하게 되어 너무 죄송하고 스스로가 너무 한심하지만, 우선 언니의 회복을 정말 축하드려요. 진심으로요. 사실 어떤 말로도 지금의 감정이 정리되지 않지만, 그냥 주저리주저리 있는 그대로 이야기해 보고 싶어요.

언니의 사고 소식을 인스타그램에서 본 날이 아직도 생생해요. 혼자 30일간 유럽으로 건축 기행을 갔던 때였어요. 이른 시간에 짐을 싸서 이동 중이었는데, 막 기차에 타서 인스타그램을 켰어요. 인스타그램 피드에는 검은 바탕화면의 메모장, 언니에게 큰 사고가 있었고 중증이라는 내용이었어요.

저는 심장이 쿵 떨어진 것 같았어요. 언니는 늘 제가 멀리서 응원하고, 좋아하고, 정말이지 인생에서 몇 안 되는 엄청난 우연이자 인연이라고 생각했던 사람이어서 그랬던 것 같아요. 저는 메모장을 켜서 언니에게 보낼 많은 말을 꾹꾹 눌러 담아써 내려갔죠. 그런데 한 페이지쯤 채웠을 때 갑자기 무서워지는 거예요. 이렇게 보냈는데, 언니 상황이 더 안 좋아지면 어떡하지? 그러면 제가 쓴 편지는 언니에게 도착하지 못하는 거잖아요. 그래서 무서운 마음에 메모장을 껐어요. 기차로 이동하는 내내 멍하게 있었던 것 같아요. 한동안 여행이 힘들었어요. 주변에서 큰 사고를 겪은 경우가 처음이어서 그런지 마음이 정말 힘들었어요.

그렇지만 이제는 언니가 많이 회복한 것 같고, 앞으로 더 건강하게, 그리고 예쁘게, 언니답게 걸어갈 모습이 보이기에 이제야 안심하고 연락드려요. 정말 정말 고생하셨어요. 어디서든 언제든 응원해요. 다시 천천히 언니답게 나아가주세요.

p.s. 아래 사진은 언니 사고 소식을 접했던 날 썼던 일기 내용이에요.

만약 승무원으로 일하던 때 어린 승객이자 지금은 친구가 된 이에게 편지를 쓰지 않았더라면, 이토록 정다우면서도 굳건한 인연이 계속되었을까? 당연히 아니었을 것이다. 그렇게 꾸준히 편지를 썼기 때문일까 환자가 되어 편지를 쓰기는커녕 누워 지내던 때에도 나를 향한 편지가 쏟아졌다. 하루는 자카르타에 사는 사촌 언니가 나를 응원하러 한국에 왔다. 언니는 그 멀리서도 나를 위해 몇 번이나 108배까지 했다고 엄마로부터 전해 듣고 고마운 마음이었다. 언

니는 나와 한 살 차이였지만 한참이나 나이가 많은 어른인 것 같았다. 어려서부터 언니는 나를 만날 때마다 둥글둥글한 성품으로 한발 물러서서 내가 즐거운 시간을 보낼 수 있게 해주었다. 언니는 병원에 와서도 나를 환자인 것처럼 대하지 않았다. 극히 멀쩡한 사람인 것처럼 대하기에 오히려 내가 "언니, 나 환자야!"라고 내뱉으며 천년만년 만에 웃을 수 있었다. 언니가 건네주고 간 편지를 읽는데 첫 문장부터 의아했지만, 가만히 읽으면서 고개를 끄덕일 수밖에 없었다.

~~~~~~

은빈아 축하해.

큰 수술을 두 번이나 하고 힘든 재활을 이어나가고 있는 너에게 모든 사람이 위로와 걱정의 마음을 보내고 있는 걸 알기에, 나는 위로와 걱정 대신 조심스럽게 축하를 전해보고 싶어.

먼저, 인생에 닥친 위기를 잘 넘긴 걸 축하해. 정말 예기치 못한 사고였지만 누구에게나 생길 수도 있는 일이지. 너는 누구보다 씩씩하게, 놀라울 정도로 꿋꿋하게 이겨냈어. 살면서 은빈이가 이 이상 아플 일은 두 번 다시 없겠지만, 우리 모두 삶을 이어가는 이상 다른 수많은 시련을 마주하게 되겠지. 하지만 이번 일을 이겨낸 너에겐 이미 그 시련에 맞설 힘이 있을 거야. 그 힘은 인생에서 중요한 순간에 빛을 발할 거라고 나는 믿어.

삶에 대한 의지를 다시 한번 확인하게 된 것도 축하해야겠다. 잠시 쉬어가며 자신과 인생을 돌아보고 앞으로의 길을 닦을 수 있는 시간은 생각보다 쉽게 얻어지지 않는 것 같아. 은빈이는 현명하니까 이 시간을 누구보다 의미 있게 보낼 수 있을 거야. 바쁘게 달려오던 걸음을 갑자기 멈추게 돼서 속상하고 억울한 마음도 있겠지만, 더 큰 보폭으로 도약할 준비를 해나가는 너를 보면서 너무 존경스럽다고 생각했어. 이제까지 은빈이의 삶도 정말 멋있었지만 앞으로의 네 삶이 더 기대돼. 조바심 내지 말고 충분히 쉬고 좋은 생각으로 이 시간을 채워갔으면 좋겠어. 너는 멈춰 있는 게 아니라 이미 더 좋은 길로 움직이기 시작했으니까!

마지막으로 너의 사람들과 더 충만한 사랑을 나누게 된 걸 축하해. 지난번에도 말했지만, 은빈이가 깨어나길 기도하면서 나도 깨달았거든. 내가 너를 얼마나 아끼고 사랑하는지! 아마 많은 사람이 그렇지 않을까. 어떤 존재를 잃을 뻔한 상황이 되어서야 그 존재를 얼마나 사랑하는지 절절하게 깨닫게 되는 것 말이야. 그때 그런 기도를 했거든. 나 하나의 기도는 작겠지만, 항상 주변 사람들을 환하게 비춰줬던 사람이니까 그 사람들의 사랑과 기도를 다 들으면 은빈이가 눈을 뜨게 해주실 거라 믿는다고. 너의 주변 사람들도 다들 비슷한 생각을 했을 거야.

그리고 은빈이가 회복하는 모습을 보면서 다들 얼마나 행복할까! 그렇게 느끼는 행복만큼 앞으로는 너에 대한 애정과 사랑을 더 표현하고 나누고 싶을 것 같아. 앞으로의 네 시간은 사랑하는 사람들과 더 깊은 마음을 나누고 존재 자체로도 감사하는 날들일 거야. 분명한 행운이고, 확실한 행복이지. 너에게 그런 날들이 예비되어 있다는 걸 생각하면 나도 기뻐.

은빈아, 잘 버티고 이겨내줘서 정말 정말 고마워. 재활하면서 늘 쉽고 즐거울 수는 없겠지. 답답하고 우울한 순간이 와도 더 큰 힘을 내지 못하는 것에 속상해하지는 않았으면 좋겠어. 그렇게 힘듦을 느끼는 것도 은빈이가 건강하다는 증거니까. 그리고 네가 전부 이겨낼 걸 우리는 알아. 너도 알지?

사랑해, 내 동생. 바다 건너 멀리서도 매일매일 응원을 보낼게. 언제나 반짝반짝 빛나는 은빈이에게.

언니는 지나치게 걱정하거나 위로하지 않았다. 축하한다는 그 한마디 덕분에 나는 자기혐오에 빠질 때마다 '은빈아, 축하해. 자기혐오를 치른 이후에는 자아도취 아니겠어?'라고 생각했고, 눈앞의 일에 집중할 수 없을 때마다 '은빈아, 축하한다! 이번 기회에 과거를 들여다보며 마치 드라마나 영화처럼 깔끔히 정리해 보는 건 어때?'라고 생각했다.

만사가 무의미하게 느껴질 때도 '축하해! 『무의미의 축제』라는 책도 있잖아. 네가 얼마나 열심히 살아가고 있으면 과도한 의미에서 벗어나고 싶겠어? 작은 일에 연연하면 오히려 원하는 것도 얻을 수 없으니, 무의미한 순간을 즐기며 오만과 편견에서 벗어나자'라고 생각하며 스스로 격려했다.

TV와 유튜브, 책, 라디오, 팟캐스트 다 좋지만 때로는 이렇게 나에게 마음을 기울인 이야기에 충만해짐을 알게 되었다. 내가 치열하게 살아야 하는 이유도 결국은 내가 행복하기 위해서였다. 목표를 이루기 위해 사는 게 아니라 살아가는 매일이 먼저 행복하고 만족하길 스스로 바라게 되었다. 성취가 반드시 행복인 건 아니었다.

수술 후에도 머리 통증이 완전히 사라진 건 아니다. 돌덩이를 얹은 듯 묵직하게 머리를 하루 종일 짓누르는 기분이다. 어쩔 수 없이 쉬어가며 하루를 통째로 흘려보낸 날도 있었다. 그런데 신기하게도 그 여유가 참 좋다고 생각하게 되었다. 아무것도 하지 않았는데 괜찮았다. 아무것도 못 하고 하루를 보냈다고 해서 무작정 우울한 게 아니라 이 여유가 너무나도 좋다고 생각할 수도 있었다.

이 삶을 치열하게
사랑하고 싶어서

한 달에 한 번 병원에 가서 약을 처방받고 피검사와 CT 촬영을 한다. 뇌손상 이후 후유증을 파악하기 위해서인데, 앞으로의 건강에 대한 이야기는 그다지 즐겁지 않다. 진료를 받은 이후에 있는 잠깐의 수다 타임을 기다릴 뿐이다. 주치의 선생님은 농담 반 진담 반으로 일주일에 한 번씩 놀러 오라고 했지만, 놀러 가지 않는 대신 치료가 끝나고 이야기를 나누는 시간을 가진다. 주치의 선생님도 기다렸다는 듯 컴퓨터가 아니라 내가 앉아 있는 쪽으로 몸을 돌린다.

이번에는 물어보고 싶은 게 있었다. 며칠 동안 괜히 울적했던 나는 선생님도 우울할 때가 있는지 물어보았다. 주치의 선생님은 그저 존경스럽고 훌륭하게만 보여서 우울할 때라고는 없을 것 같았다. 잠시 생각에 잠긴 듯한 모습에 역시 선생님은 우울할 때가 없는 건가 생각했지만 곧 이렇게 말씀하셨다.

"맨날 우울한데요?"

순간 진료실에 정적이 가득 찼고 우리는 웃음이 터져 깔깔깔 웃어댔다. 내가 괜히 선생님과의 만남을 기대하는 게 아니다. 모든 의사 선생님과 이렇게 웃음을 주고받는 건 아니다. 무뚝뚝하고 냉담해서 빨리 진료실에서 나가고 싶게 의사 선생님도 있고, 눈도 마주치지 않으며 설명이 끝나자마자 내가 말하거나 질문하기도 전에 "네, 안녕히 가세요"라고 끊어버리는 의사 선생님도 있다.

❧   최선을 다해보세요. 자주 찾아가고, 계속해서 들려주

세요. 들려주면서 눈으로 보게 하고요. 내가 당신의 어떤 점을 가장 좋아했는지도 말해주고요. 내가 할 수 있을 때까지, 내가 할 수 있는 만큼 해보는 거예요.

나는 환자로서의 경험으로, 아픔과 슬픔을 맞이한 사람에게는 거창한 도움이나 가르침이 아니라 따스한 말 한마디를 나누는 것만으로 굳어 있던 마음이 이완된다는 걸 알게 되었다. 그래서 퇴원 후에는 밀린 메일과 DM을 살펴보며 전화번호부터 알려드렸다. 한마디라도 서로의 마음과 생각을 터놓고 싶었다. 통화로 이야기를 나누는 게 내게도 훨씬 편했다.
한 분은 남자 친구가 결혼식 직전에 과도한 스트레스와 갑작스러운 뇌출혈로 쓰러졌다고 했다. 3개월째인데 아직도 말은 잘 못하지만, 듣기는 하는 것 같다고 했다.

"가족과 친구들은 헤어지라고 하는데… 어떻게 해야 좋을지 모르겠어요."

아마도 내게 털어놓는 걸 보면 어떻게 해야 좋을지 아는 것만 같았다.

"최선을 다해보는 건 어떨까요. 자주 찾아가고, 계속해
서 들려주세요. 들려주면서 눈으로 보게 하고요. 데이
트할 때 최고의 맛집과 최악의 식당까지 다시 새롭게
소개하고요. 싸웠을 때는 어떻게 화해했는지, 함께 어
떻게 결혼 준비를 했는지 사진까지 다 보여주면서 말
하세요. 남자 친구가 좋아했던 노래를 들려주고, 뮤직
비디오도 같이 보세요. 내가 당신의 어떤 점을 가장 좋
아했는지도 꼭 말해주고요. 몇 개월이고 몇 년이고 정
해두지 마세요. 내가 할 수 있을 때까지, 내가 할 수 있
는 만큼 다 해보는 거예요. 본인이 헤어지고 싶을 때가
오면, 그때 헤어지세요. 주변 사람의 말을 듣고 지금
헤어지면 후회하지 않을까요? 아! 그러니까 지금 제
얘기도 다 듣지는 마세요!"

그분은 작게 웃으며 듣고 싶은 말이었다고 했다. 조금 더,
많이 노력해 보겠다고도 했다.
하루는 한 따님의 DM을 보게 되었다. 아버지가 고혈압성

뇌출혈로 쓰러지셨고, 나처럼 좌뇌의 손상이 큰 편이라 내 유튜브 영상을 보면서 희망을 품고 힘내고 있다고 말이다. 아버지께서는 38년간 교직에 계셨고 정년퇴직하셨다고 했다. 나처럼 강의하는 걸 좋아하셨고, 독서는 물론 새로운 걸 배우기를 좋아하셨다고 덧붙였다. 다만, 한 달이 다 되어가는데 눈은 뜨셨지만 의식은 없다고 했다. 나는 전화로 이야기를 나눠도 될지 물어보며 바로 전화번호를 전송했다. 그렇게 한 시간 이상 서로의 생각과 마음을 교류했다. 몇 시간 뒤 카카오톡 메시지가 왔다.

"우자까 님과 통화 후 병원에 가자마자 아빠한테 핸드폰으로 사진이랑 동영상 보여주었어요. '아빠, 기억나?' 하면서 보여드렸는데 눈동자가 핸드폰을 따라오더라고요. 벌써 효과가 보이는 것 같아요! 정말 감사해요. 좋은 소식으로 또 연락드리면 좋겠어요!"

나중에 내가 먼저 메시지로 연락했다. 아버님께서 좀 나아지셨는지, 보호자들의 마음은 어떤지 궁금했다. 다행히 아버지께서는 의식이 많이 돌아오셨다고 했다. 표정과 고개로 의사를 표현하면서 악수도 하고 손 인사도 해주신다고.
재활치료를 받으면서 힘 좀 쓰신다고 말이다. 다행이라고
생각하면서 질 볼트 테일러의 『나는 내가 죽었다고 생각했
습니다』를 추천했다.

이 책은 이재웅 언어치료사가 내 생일 때 선물로 준 책이
다. 작가는 37세의 나이에 뇌졸중을 경험했고 무려 8년 동
안 신체적·정신적 기능을 되찾은 과정을 기록했다. 내게
무척이나 위안이 되었기에 추천해 주고 싶었다. 무엇보다
질 볼트 테일러의 어머니께서는 그를 보호하면서도 그의
회복을 방해하지 않았다고 한다. "아버님께서도 너무나 답
답하시겠지만, 가족들 덕분에 마음만큼은 든든하고 따뜻
하실 겁니다"라며 메시지를 전했다.

머리뼈가 없는모습을 SNS에 공개하며 뇌손상을 겪은 사
람들이 꽤 많다는 것을 알게 되었다. 나처럼 길에서 넘어
지거나 화장실에서 미끄러져 거세게 머리를 부딪치며 다
친 분도 계셨다. 외상성뇌출혈은 낙상, 교통사고 같은 두
부외상으로 발생한다. 비외상성뇌출혈은 급격한 온도 및
혈압 변화로 뇌 안의 모세혈관들이 터지며 일어난다. 뇌출
혈 후유증은 뇌의 손상 위치와 정도에 따라 다양하게 나타

난다. 뇌출혈의 대표적인 후유증은 실어증, 실행증, 구음장애와 같은 언어장애와 신체장애다. 그리고 인지장애나 감각장애, 운동신경 마비로 일상생활이 힘들어질 수도 있다. 나는 극심한 뇌출혈로 뇌조직 내 혈관이 터져 피가 좌뇌 안으로 깊숙이 흘러 들어가 좌뇌가 95퍼센트 손상되었기에 의사는 언어장애와 인지장애를 겪게 될 거라고 판단했다. 보호자들과 연락하며 다시 한번 알게 되었다. 환자와 보호자에게 가장 두려운 것이 언어장애와 인지장애라는 것을. 언어장애는 말이 어눌해지는 것은 물론 말을 아예 못 하거나 말을 이해하지 못하는 증상이다. 인지장애란 기억력, 주의력, 언어능력, 시공간 능력, 판단력 등이 저하된 상태로, 인지장애가 심해서 일상생활이나 사회생활에 지장을 주는 경우를 치매라고 한다.

만약 심각한 언어장애와 인지장애로 내가 말할 수조차 없었다면 어땠을까. 말하지 못해도 생각이라는 걸 할 수가 있다면, 잠시 알아보기라도 한다면, 찰나의 순간일지라도 기억이 돌아온다면 무슨 말을 하고 싶을까 생각했다. 아마도 미안해, 사랑해, 고마워, 용서해가 아닐까 생각한다.

나 또한 죽기 직전 한마디를 남길 수 있다면 미안하다고,

늘 고마웠다고, 너무나 사랑한다고, 혹시나 내가 속상하게 했거나 잘못한 게 있다면 용서해 달라고 말했을 것 같다. 마지막 수술을 받기 전, 가족에게 미리 유언을 남긴 것도 그 때문이다. 두개골 복원수술을 받기 전에 주치의 선생님에게 수술 후 최악의 상황까지 설명 들은 다음 수술 동의서에 사인해야 했다. 다시 머리뼈를 채워 넣는 수술임에도 불구하고, 수술 후 최악의 경우를 주의 깊게 들었기 때문일까 그나마 아직 말할 수 있을 때 해야 한다고 생각했다. 뒤로 미루거나 다음에 하겠다고 생각한다면 말할 수 있을 때가 오지 않을 수도 있다고 생각했다.

그래서 지금의 나는 가족들에게 매일 말한다. 내가 더 미안하다고, 오늘도 의지할 수 있어서 고마웠다고, 마음 아프게 한 나를 용서해 달라고, 그저 사랑한다고.

나는 나 자신에게도 말한다. 용서한다고. 자꾸만 스스로를 탓하는 나 자신을 용서한다고. 미안하다고. 빨리 성장해야 한다는 핑계로 나의 답답한 가슴을 섣불리 무시한 나에게 너무 미안하다고. 고맙다고. 오늘은 조금 벅찬 하루였지만 한숨 크게 한번 내쉬고 다시 묵묵히 살아가는 나에게 고맙다고. 사랑한다고. 사람이 사람을 사람으로 그리고 사랑으로 대하면 기적이 일어나는 것을 깨닫게 된 나를 사랑한다고.

지금 바로 곁에 있는 사람에게 그리고 자기 자신에게 말해 보길 바란다. 용서한다고 또는 용서해 달라고. 미안하다고 또는 사랑한다고. 그리고 정말 고맙다고.

5부

✦

별빛처럼 내려오는 희망의 노래를 부르며

재활치료 병동의
사랑스러운 할머니들

다섯 달을 병원에서 있었지만 한순간도 쓸쓸하거나 외롭지 않았다. 단 하루도 혼자 지낸 적이 없었기 때문이다. 평일에는 엄마와 아빠가 곁에 있었다. 남편은 평일에는 회사에서 일하다 퇴근하고 저녁 시간에 찾아왔고 주말에는 금요일이나 월요일에 하루 휴가를 쓰고 3박 4일 동안 곁에 있었다. 재활치료를 받고 쉬는 시간이나 치료 이후 저녁 시간에도 가족과 한 공간에 있다는 그 자체가 든든하기만 했다.

두 번째 수술인 두개골 복원수술을 받은 다음에는 하루 종일 병실에 있을 수밖에 없었다. 병실에는 주로 중장년층 환자나 고령층 환자들이 있어 나와 비슷한 연령대는 없었다. 나는 4인실 병실에 있었고 할머니들과 함께였다. 1인실이 아니었기에 우리 가족은 소곤소곤 대화를 나누었다. 수술한 직후라 송곳으로 찌르는 듯한 통증으로 힘들었지만 아침, 점심, 저녁마다 가족과 산책하러 나가곤 했다. 병원 바로 앞 산책로에서 천천히 걸으면 마음에 따뜻한 무언가가 스며드는 듯했다. 괜히 편의점에도 가고 병원 카페에 앉아 오가는 사람들을 살펴보았다. 유독 머리가 옥죄는 듯 아픈 날에는 병원 복도를 조심조심 걸어 다녔다.

다시 병실로 들어가면 여전히 누워 있거나 가만히 앉아서 뒤척이는 할머니 환자들이 보였다. 나와 눈이 마주쳤을 때 지친 표정의 할머니는 무언가 말하려고 하다가 그만두는 것 같았다. 내 눈에는 너무나 외로워 보였다. 하루가 길고도 길 것만 같았다. 할머니의 자녀들은 일하느라 저녁 늦게 올 수밖에 없어서 아침부터 늦은 오후까지 혼자 계셔야만 했으니 말이다. 나는 대뜸 말을 걸었다.

"할머니, 물컵 좀 설거지할까요? 망고 좋아하세요? 같이 먹어요! 엄마가 망고 잘 깎았어요."

"이건 단백질 음료인데, 저도 먹기 싫지만 건강해지려고 눈 딱 감고 마셔요. 할머니도 빨리 퇴원해야죠."

때로는 맞춤을 추기도 했다. 한 할머니는 대화를 매끄럽게 이어나가지 못하거나 말을 자꾸 바꿔서 뭐라고 말하는지 알아듣기 힘들었다. 그럼 나는 할머니의 표정을 관찰했다. 언짢은 기색이 그대로 묻어나는 표정에는 같이 눈을 찡그리며 비슷한 표정을 지어 보였다. 눈을 가늘게 접으며 웃으시면 나도 금세 함박웃음을 지었다.

❁ 병원에서 퇴원하며 다시 한번 다짐했다. 혼자 지내는 시간을 외로워할 할머니들과 다시 꼭 만나겠다는 결심이었다. 봉사활동을 하거나 도움을 주겠다는 거창한 마음보다는 같이 놀고야 말겠다는 각오였다.

하루는 할머니 따님이 오셨다. 할머니는 피식하고 바람 새는 듯한 웃음소리로 딸을 반겼다. 잠시 지켜보던 나는 따님에게, 그러니까 나보다 훨씬 연상인 그분에게 물어보았다.

"혹시 사진 한 장 찍어드릴까요?"

눈이 휘둥그레지며 당황한 것처럼 보였지만, 따님은 감사하다고 말하면서 핸드폰을 내밀었다. 그리고 사진 찍는 포즈로 핸드폰을 쳐다보았다. 두세 장 사진을 찍다가 할머니와 따님이 분명 기뻐할 거라 생각하며 용기 내어 말했다.

"핸드폰만 쳐다보지 않으셔도 돼요. 서로 바라보는 모습, 이야기 나누는 모습도 찍어드리고 싶어요. 편안하게 대화 나누세요!"

그러자 따님은 만면에 미소를 짓고 할머니와 다시 이야기를 주고받았다. 나는 조용히, 그리고 계속해서 그 장면을 핸드폰에 담고 나서 핸드폰을 돌려드렸다. 그 사진과 영상을 살펴보던 따님은 갑자기 울음을 터뜨렸다. 내가 뭔가 잘못했나 싶어 마음이 뒤숭숭했다. 따님은 내 손을 꼭 잡고 허리를 깊게 숙이며 말했다.

"사실 얼마 만에 엄마랑 사진을 찍는지 모르겠어요. 생
각해 보니까 몇 년이 넘는 시간 동안 엄마랑 사진도 안
찍어봤어요. 너무 고마워요!"

따님은 발갛게 상기된 표정으로 감정이 벅차올라 말을 잇
지 못했다. 넘칠 듯한 수많은 감정을 억누르려고 하는 것
같기도 했다. 나는 따님이 기뻐할 만한 말을 생각했다.

"지금부터라도 많이 찍으면 되죠! 지금의 기억을, 이
순간을 기록으로 남기면 마음이 허전하거나 두렵지
않아요. 굳세지죠."

따님은 고개를 깊이 끄덕이며 지금부터라도 기록하겠다고
말씀했다. 그리고 나에게 선물을 하고 싶다며 핸드폰 메시
지로 커피 쿠폰을 보내주었다.
퇴원하는 날, 할머니들에게 먼저 인사를 했다. 헤어지는
마음이 아쉬웠다. 말이 서툴던, 그래서 더욱 마음이 쓰였
던 할머니에게 마지막 인사를 하러 갔다. "할머니, 잘 지내
세요. 저 이제 집에 가요. 그동안 즐거웠어요. 건강하세요"

라고 말하자 할머니는 평소와 달리 내 말을 바로 알아들으셨는지, 천진난만한 얼굴로 "또 올 거지?"라고 말씀하셨다. 그 말을 듣자 눈시울이 붉어지고 코끝이 찡해졌다. 또 온다고 말할 수 없어서 죄송스러운 마음까지 들었다.

내가 건넨 작은 관심 하나가, 누군가의 오랜 그리움을 깨웠다. 마음을 나누는 일은 생각보다 더 큰 기적을 만든다. 그렇게 병원에서 퇴원하며 다시 한번 다짐했다. 혼자 지내는 시간을 외로워할 할머니들과 다시 꼭 만나겠다는 결심이었다. 봉사활동을 하거나 도움을 주겠다는 거창한 마음보다는 같이 놀고야 말겠다는 각오였다.

내가 가장 잘하는 일에
최선을 다할 수 있도록!

내가 새롭게 강다짐할 수 있었던 이유는 앞에 있는 사람을 향한 질문과 그 질문으로 이어진 소소한 대화에서 비롯된 것 같다. 아빠는 내가 어릴 때부터 매일 다양한 질문을 하며 내 시야를 넓혀주었다. 아빠는 단 한 번도 화내거나 잔소리하지 않았다. 초등학생 때부터 공부하라는 소리도 절대 하지 않았기에, 나는 공부만 하지 않았다. 친구들이 놀자고 하거나 내가 놀고 싶을 때는 신나게 놀았다. 중고등학생 때 엄마와 아빠에게 성적표를 보여드린 적도 없다. 보여달라고 하지 않았으니 보여주지 않았다. 성적표의 점수는 치열하게 공부하지 않은 내가 봐도 보고 싶지 않을 정도였다. 고등학생이 되어서는 공부를 좀 해보겠다고 학원과 독서실을 찾아봤다. 수능을 치고 성적을 받았을 때도 아빠는 대학교나 전공조차 추천하지 않았다. 공부보다 책 읽기를 좋아했던 나는 사서로 근무하고 싶어 문헌정보학과를 택했다. 아빠는 딱 하나, 나의 장점이자 강점을 알려주었다.

"은빈이는 늘 햇살처럼 웃는 모습이 반짝반짝 빛나."
"은빈이는 다른 사람에게 적극적으로 다가가는 태도가 정말 멋있어."
"친구가 힘들 때마다 은빈이를 찾는 이유가 뭐라고 생각해? 은빈이는 단단하게 닫혀 있던 사람의 마음을 시원하게 열어주는 거야. 혼자서만 말하는 게 아니라 친구가 하는 말을 귀 기울여 듣잖아."

그 말을 들을 때마다 어깨가 으쓱으쓱 솟아났다. 덕분에 나는 성적과 자격증, 대학과 전공이 나의 재능이라고 생각하지 않았다. 사람을 마주할 때마다 먼저 웃으면서 인사하고 다가가 도와줄 수 있는 것, 그것이 나의 재능이자 꿈과 목표라고 생각했다. 성적, 시험, 자격증은 40점, 60점, 95점 이렇게 100점 이하로 책정될 테지만, 나는 스스로 그 이상의 점수를 주었다.

승무원이 되어서도 승객들에게 말을 거는 걸 좋아했다. 승객과 대화를 나누지 않으면 기억에 남는 얼굴이 없고, 기억에 남는 얼굴이 없으면 추억할 비행이 없기 때문이었다. 독서하는 승객에게는 무슨 책을 읽으시냐고 재밌으면 추천해 달라고 말을 걸었다. 비즈니스 클래스 담당으로 비행하는 날에는 비즈니스 클래스 승객에게 이코노미 클래스보다 얼마나 편안하신지 물어보기도 했다. 비즈니스 클래스에 승객으로 탑승해 본 적이 없었기에 궁금했기 때문이다.

서글서글하면서도 밝은 표정의 승객에게는 여행이 즐거웠냐며 여쭤보았고, 예민하면서도 주뼛주뼛하는 태도를 보이는 승객에게는 필요한 사항이 있으면 언제든지 호출 버튼을 누르라고 말씀드렸다. 그렇게 한 걸음 다가가고 또 다가가며 수많은 승객과 마음을 나누었고, 이야기가 많은 승무원이 되어 『나는 멈춘 비행기의 승무원입니다』, 『승무원, 눈부신 비행』 두 권의 책도 쓸 수 있었다. 이는 10년을 비행한 전직 승무원으로서 나의 유일무이한 자랑으로 남아 있다.

- 사람을 마주할 때마다 먼저 웃으면서 인사하고, 다가가 도와줄 수 있는 것. 그것이 나의 재능이자 꿈과 목표였다. 성적, 시험, 자격증은 40점, 60점, 95점으로, 100점 이하로 책정되겠지만 나는 스스로 그 이상의 점수를 주었다.

나는 환자일 때도 환자는 병들거나 다쳐서 치료를 받아야 할 사람이라고 생각하지 않았다. 누가 언제 아프게 될지 모른다는 걸 그나마 늦기 전에 절실히 알게 되어 앞으로는 약자와 힘을 합칠 수 있는 사람이 환자라고 생각했다. 유튜브를 다시 시작할 때도 나는 간단히 '유튜버'가 아니라 영감이 넘치는 크리에이터로서 영상과 음성으로 사람들에게 도움을 건네준다고 생각했다.

지금의 나의 꿈? 강사다. 그것도 강의를 잘해서 이름이 난 강사라는 명강사. 물론 이 명사 하나로 매듭짓는 꿈은 아니다. 사고 전후 그리고 뇌손상 이후 변화된 삶에서 정말 중요한 것이 무엇인지, 무엇을 마음껏 음미하며 살아가야 하는지, 머리가 찌그러져도 웃을 수밖에 없었던 진짜 이유를 사람들과 나누고 싶다. 그래서 나는 강연하는 중에도 내가 하고 싶은 말만 내내 하지 않는다. 여기저기 돌아다니며 청중에게 질문하곤 한다. 질문하고 들어주는 것이야말로 무엇보다 귀한 태도임을 아빠에게 배웠기 때문이다.

하루는 아빠에게 딸을 독립된 인격체로 대하기 위해 얼마나 노력했는지 물었다. 딸로부터 별별 이야기를 다 들으면서도 어떻게 한 번도 나를 붙들거나 화내지 않을 수 있었는지 궁금하다고. 아빠는 대단한 철학이 있었던 것도 아니고, 아빠만의 교육방식이라고 내세울 만한 것도 없었다고 했다.

"공부를 하라느니, 이성 교제는 안 된다느니 그런 이야기는 애초에 하고 싶지도, 할 생각도 없었지. 아빠가 무서운 건 딸이 공부를 안 하는 것도 아니고 남자 친구를 사귀는 것도 아니었어. 아빠에게 정말로 무서운 건 은빈이가 내 앞에서 입을 닫아버리는 것이었어. 자식이 입을 닫고 마음을 숨기는 순간 끝이라고 생각했거든. 나는 언제나 네 편이어야만 했고, 네 편이 되기 위해선 네 이야기를 먼저 들어야 했을 뿐이지."

〈세바시〉 강연 원고는 가족과 친구, 이재웅 언어치료사에게 여러 번 첨삭받았지만 유일하게 첨삭을 거절한 문장이 있다. 〈세바시〉 작가님도 글의 위치나 순서를 바꾸는 게 좋지 않겠느냐고 의견을 주셨다. 그럼에도 불구하고 내가 고집하며 바꾸지 않은 원고는 바로 마지막 부분이다.

"혹시 지금 힘드신가요? 많이 아프고 생각하지도 못한 안 좋은 일이 생기셨나요? 어쩌면 그렇기 때문에 스스로 생각하고 궁리하며 답을 찾고 계시지는 않나요? 어려운 상황 속에서 오히려 자기 자신만의 다짐과 각오가 뚜렷해지지는 않으셨나요? 제가 같이 고민할게요. 듣고 싶습니다."

나만의 보폭으로
세상을 향해 전진하다

나는 극도로 심한 뇌출혈로 인해 전두엽도 손상되었다. 전두엽은 대뇌피질의 한 부분으로, 기억력, 사고력, 추리, 계획, 운동, 감정, 문제 해결 등 고등정신작용을 담당하는 뇌의 핵심 기관이다. 전두엽 기능이 떨어지는 이유로는 뇌출혈, 뇌경색이 대표적이고 파킨슨병 환자도 전두엽 기능이 쇠퇴할 수 있다. 뇌출혈 때문에 전두엽 기능이 망가지면 분노 조절이 잘 안 되며, 생각한 그대로 말이 나오고, 화가 나는 대로 행동에 옮기기 쉽다. 전두엽을 회복시키기 위해서는 새로운 경험을 하거나 어려운 일에 도전하는 등 일상의 루틴을 바꾸는 것이 좋다.

나는 무엇보다 전두엽 손상으로 인격 변화나 감정 불안정 등의 증상이 나타날 수 있다는 것이 무서웠다. 머리를 다친 이후에 실제로 무척이나 예민해졌기 때문이다. 쉽게 화가 나고, 안달한 나머지 부들부들 떨기도 했다. 때로는 가슴을 주먹으로 두드리며 쏘아붙이는 말투가 나오거나 다 내팽개치고 싶은 충동도 든다.

그러다 괜스레 짜증까지 내곤 했다. 엄마는 그럴 때마다 나를 웃기기 위해 "머리통만 다치지 않았어도 확 꿀밤을 때리는데!"라며 우스갯소리를 했으나 난폭해진 나에게는 먹히지 않았다. 나는 대체 무엇 때문에 그렇게 분노했던 걸까. 바로 질투이자 집착과 열등감 때문이었다.

병원에서 지내던 하루는 느닷없이 이렇게 말했다.

"나 일 안 할래. 이제 쉴래."

가족들은 그러자고, 이제는 좀 쉬어가자고 말했는데도 나는 금세 다시 일하고 싶어졌다. SNS에서 강사들을 볼 때마다 질투심이 폭발했다. 다치기 전에 나는 질투란 좋은 것이라고 생각했다. 자신이 원하고 목표하는 바를 질투하는 거라 생각했다. 내 힘으로 해내고 싶은 게 분명하다면 그걸 질투에서 알아차릴 수 있다고 말이다. 나는 부동산이나 경매, 주식에 성공한 건 질투하지도 않고 부러워하지도 않았다. 하고 싶지 않았기에 관심도 없었다. 오로지 매일 강연하는 강사를 볼 때마다 질투하되 존경하며 청중으로서 직접 찾아갔다. 아무 일도 일어나지 않는다고 생각하면 아무 일도 일어나지 않으니까. 경모하는 롤모델, 그 롤모델을 질투하며 따라잡겠다고 생각하자. 단순히 따라잡는 것에서 그치지 않고 또 다른 나만의 색깔과 이념으로 뛰어넘으리라 생각하자. 그러지 않으면 계속 지금처럼만 살아가게 될 수밖에 없다.

❈ 산책하다가 싱그러운 꽃이라도 만나면 가로막힌 듯한 내 앞날 또한 그 꽃을 닮은 꽃봉오리라고 생각한다. 아직 피지 않고 망울만 맺혀 있는 꽃봉오리가 금방이라도 터질 듯이 부풀어 있다고 생각한다.

좋아하는 걸 무지 좋아하기 시작하면 그것에 가까워진다. 다가가며, 닮아간다. 그러니까 좋은 걸 더 많이 좋아하자. 좋은 걸 더 많이 좋아하는 삶을 살아가자. 여기까진 좋았으나 좋은 걸 더 많이 좋아하면서도 싫은 걸 더 많이 싫어하는 때가 오고야 말았다. 강의하러 나가는 길에 다쳤는데도, 이명현상으로 말할 때마다 내 목소리가 귀에서 짜랑짜랑 울리는데도, 강연 원고를 작성하고 수정하다가 퇴보한 언어능력에 절망하면서도, 아직 몸이 좋지 않아 쉬어가야 하는데도, 매일 통원하는 하루하루를 보내면서도 나는 다시 매일 강연하는 사람이 되고 싶었다. 매일매일 강연하는 강사들을 볼 때마다 '나도 더 잘할 수 있는데…' 생각하며 가슴이 갑갑해졌다. 일이 전부가 아니라고 말했던 내가 어느새 다시 일이 전부인 것처럼 받아들이는 때가 오고야 만 것이다.

그럴 때마다 무작정 산책하러 나간다. 책을 읽고 글을 쓰다가도 힘들 때면 창문 앞으로 걸어가 바깥 풍경을 응시한다. 바람에 살짝 흔들리는 나뭇가지, 몽글몽글한 구름을 바라보다 보면 어느새 운동화부터 신고 있다. 어디로 갈 것인지 정해진 것도 없지만 일단 나가서 걷고 본다. 분노가 꽉 차오르지 않도록 에너지를 분산시키는 활동이 중요하다고 생각했기 때문이다.

어제와 똑같이 보낸 하루, 어제와 똑같이 노력한 하루 같지만, 바깥 풍경은 절대 어제와 똑같지 않다. 산책할 때도 거리를 살펴보면 어제와 똑같지 않음은 물론 아침과도 또 다른 풍경이다. 나 자신도 전과 같은 내가 아님을 그제야 깨닫는다. 분명 어제의 나보다 오늘의 내가 더 단단해졌음을 알아야 하건만, 때때로 열등감에 사로잡혀 나를 다른 사람과 비교했던 것이다. 내가 잘한다고 해서 우쭐할 이유도 없고, 내가 못 한다고 해서 스스로를 깎아내릴 이유도 없는데. 삶은 평가가 아니라 경험이니까. 나의 가치는 성과로 결정되는 것이 아니라, 내가 나로서 살아가는 순간순간에 있으니까.

터벅터벅 걸어서 공원까지 간다. 산책하며 음악을 듣지 않는다. 핸드폰을 보지도 않는다. 대신 두 손을 가볍게 내려놓고, 눈앞에 펼쳐진 풍경을 응시한다. 이전에는 걸으면서도 일을 생각하고 수시로 핸드폰을 봤다. 지금은 내 앞에 있는 풀잎과 나무를, 때로는 하늘을 찬찬히 바라본다. 나무의 가지와 줄기, 잎, 뿌리, 열매까지 하나하나 똑바로 바라보면, 빠르게 흐르는 시간과 삶 속에서 고요한 순간을 잠시나마 손에 붙잡는 느낌이다. 잡념을 없애며 금세 마음이 충만해지는 기분이다.

풀벌레 소리에도 귀 기울이며 걷는다. 삑삑 새가 지저귀는 소리, 바짝 마른 나뭇잎이 바람에 휩쓸리며 바스락거리는 소리. 호수에서 오리가 슬슬 헤엄치다 갑자기 머리를 잔뜩 물속으로 담그는 모습까지. 괜히 아득하게 느껴지면서도 지금 바로 이 순간임을 되새긴다.

잡생각을 버리고 걷기에만 몰두해도 뇌는 깨어난다. 햇살을 받으며 걷다 보면 행복감을 주는 호르몬인 세로토닌 분비가 활발해지기 때문이다. 숨을 깊게 들이마시고 내쉴수록 쾌락과 즐거움을 느끼게 해주는 도파민도 분비돼 스트레스를 해소할 수 있다. 뇌에 산소가 충분히 공급되면 머리가 맑아지고, 혈류를 개선해 뇌 기능을 활성화시킨다. 산책은 신체적 무리도 없고 따로 장비를 준비할 것도 없어 경제적이다. 허리 골절 시술에 골다공증 수치가 −2.7이라 아직 운동이 어려운 내게도 걷기만큼은 꾸준히 하라고 신경외과 의사 선생님이 권해주셨다.

그래서 나는 아침이고 낮이고 밤이고 틈만 나면 산책하러 나간다. 오랜 시간 걷다가 주저앉기도 했다가 뒤돌아가기도 했다가 옆으로 빠지기도 했다가 방향을 틀어버리기도 한다. 동시에 삶 또한 그런 것임을 되새긴다. 지금은 상실로 무너지고야 말 때. 나에게 너무한 세상을, 가혹한 사회에서 잠시나마 뒤돌아서야 할 때. 그래도 행복하기 위해, 삶의 의미를 잊지 않기 위해 이렇게 생각하고 이렇게 숨쉬고 이렇게 존재하고 이렇게 살아가는 내가 다시 나만의 속도와 걸음으로 걷는다. 뚜벅뚜벅. 타박타박.

후각을 잃은 대신
건강을 얻었습니다만?

'엄마 밥이 세상에서 제일 맛없어요'라는 제목으로 1분 영상을 올린 적이 있다. 조회수를 높이기 위해 지은 제목이 아니다. 실제로 지금의 나는 한식이 가장 싫다. 된장, 고추장, 참기름, 김치를 먹지 못한다. 아무 맛도 안 나면 다행인데, 역겨울 정도라 속이 울렁거린다. 병원에서도 밥을 잘 먹지 못해 흰죽만 먹었다.

병원에서 퇴원한 이후 뇌출혈 후유증을 최소화하기 위해 적극적인 재활치료를 받으려고 거의 매일을 병원에 다닌

다. 때문에 부모님도 한동안 우리 집에 머물며 나를 도와
주기로 했다. 그런데 한식 요리만 할 줄 아는 엄마의 밥을
아예 먹을 수 없으니 엄마도 속상해 보였다. 약이라고 생
각하며 목구멍으로 넘기려고 했지만 좀처럼 쉽지 않았다.
그때 문득 아이디어가 떠올랐다.

"간병하느라 힘들었을 텐데 엄마도 요리하지 말고 좀
쉬어야지. 우리 맛집 가자!"

그렇게 양식, 일식, 중식부터 태국, 스페인, 인도 등 세계 각
국의 음식을 맛보기 위해 전문 음식점을 번갈아가며 방문
했다. 2021년 5월, 부모님과 제대로 노는 방법을 알려주겠
다며 브런치에 올린 글이 나와 노는 방법으로 활용되었다.

우리에게는 너무 익숙한 음식인 스페인 요리 감바스, 인도 커
리와 난이 부모님에게는 생소할 수도 있습니다. 일식도 초밥
이나 돈가스 말고 스키야키나 텐동은 많이들 안 드셔보셨을
거예요. 부모님들은 부러 찾아가지 않았을 음식점이 둘러보면

정말 많습니다. 물론 한식도 맛있지만, 가끔은 새로운 음식을 먹는 데서 오는 생생한 감각도 즐거울 수밖에 없습니다. 그 새로운 감각을 저희가 맛보여주는 겁니다. 메뉴 선정에 성공했다면, 생각보다 너무 맛있게 잘 드시는 부모님의 모습을 볼 수 있어요. 그 모습을 보며 차오르는 뿌듯한 감정은 덤이지요.

물론 모든 음식을 잘 먹을 수 있었던 건 아니지만, 새콤달콤한 소스는 맛이 느껴진다는 걸 알게 되었다. 토마토 파스타나 복분자 소스의 스테이크는 잘 먹지만 브라운 그레이비 소스는 못 먹는다. 향신료가 강한 베트남 쌀국수도 잘 먹는 편이다. 덕분에 먹는 그 자체에 집중하게 된 요즘이다.

정작 맛을 느낄 줄 알았을 때는 밥을 먹으면서도 유튜브나 웹툰을 보며 핸드폰을 손에서 떼지 못했다. 지금은 먹는 그 자체에 몰두한다. 후각과 미각을 되찾지 못하더라도, 여전히 입맛이 없더라도 나는 이대로 살아가야 한다. 있는 그대로 살아갈 수 있어야 한다. 맛이 없어도 얼마든지 먹을 수 있으면 건강할 수 있다고 생각을 바로잡는다.

오히려 초콜릿, 빵, 과자, 밀가루조차 먹지 못하게 되다니!
건강해지려고 작정한 거 아닐까? 이렇게 생각하면 뭔가
그럴듯하다. 다치기 전에는 일주일에 라면을 3~4개 이상
먹었을 만큼 매운 라면을 좋아했다. 쉬는 시간에는 당 떨
어졌다는 핑계로 초콜릿이나 빵을 우적우적 먹던 나였는
데, 지금은 빵집에 가도 손이 움직이지 않는다. 초콜릿처
럼 너무 단맛은 메스꺼웠다. 아이스크림조차 먹지 않는다.

> ❀ 잃은 것을 되찾기 위해 발을 동동 구르며 애통해하기
> 보다는, 그 덕분에 다른 시야를 경험하고 마음가짐이
> 넓어졌다고 생각하는 건 어떨까. 잃어버렸다고 생각했
> 지만 지나고 나면 분명 다른 걸 얻었음을 알 수 있다.

처음에는 마트에 가도 이전에 좋아하던 과자와 아이스크
림, 라면조차 사고 싶지 않다는 게 못마땅했다. 맛있게 먹
는 모습이라도 보고 싶어 유튜브를 검색하다가 당분과 밀
가루는 몸에 좋지 않다는 것을 알게 되었다. 당분을 과다
섭취하면 당뇨병을 비롯해, 비만, 간부전, 췌장암, 콩팥질
환, 고혈압, 인지력 감퇴 등의 위험이 커진다는 연구 결과

도 있었다. 밀가루는 영양소가 부족하고, 탄수화물 함량과 칼로리가 높아 건강에 좋지 않다고 했다. 덕분에 나는 생각을 고쳐먹었다.

'내가 못 먹는다고 슬퍼할 일이 아니라 잘된 거였구나?'

카페에서 글을 쓸 때도 커피는 맛이 없어서 주로 차를 마신다. 아무 맛도 나지 않지만 따뜻한 온도만으로 충분하다. 맛을 느끼지 못해 우울해지려고 할 때마다 다른 감각에 집중하려고 한다. 시각, 촉각, 청각에 말이다. 일부러 기다려서 먹은 피자가 거북하다면 시각에 힘을 쏟는다.

'마치 미국에 온 것 같네. 미국 레스토랑 같은 인테리어라니! 그래, 지금은 미국이다!'

얼죽아였던 내가 차를 마시면서도 '카페인이 함유된 커피가 아니라 차를 마셔야 몸에 좋다잖아? 추운 날씨에 따뜻한 차를 마시면 몸도 따뜻해져 신진대사를 촉진시킨다고 했어. 심지어 이 캐모마일차는 긴장을 이완시키고 불면증에도 도움이 된다잖아? 아무튼 오늘 카페는 조용해서 글쓰기에 집중할 수 있는데? 노래도 시끄러운 팝송이 아니라 은은한 피아노 음악이라니 정말 듣기 좋다!'라고 생각을 전환해 본다.

겉으로 멀쩡해 보여도, 누구나 잃은 것과 닿을 수 없는 것이 있다. 하지만 중요한 건, 잃어버린 것이 아니라 그 빈자리를 채우는 우리의 태도다. 갑작스레 돈을 날리거나 소중한 사람에게 받은 선물을 잃어버릴 수도 있다. 인연이 멀어질 수도 있다. 애지중지하던 모자를 떨어트리거나 가장 좋아하는 책을 놓칠 수도 있다. 하루아침에 회사에서 해고당하거나 사업이 망할 수도 있다. 하지만 그럴 때 고개를 살짝 돌려본다. 되찾으려고 발을 동동 구르며 애통해하기보다는, 애타게 매달리기보다는, 그 과정을 통해 더 넓어진 시야와 깊어진 마음을 바라보자. 설령 돌이킬 수 없는 것처럼 보여도, 우리는 늘 무언가를 얻고 있다.

모든 건 생각하기 마련이다. 어쩌면 길을 잃었다고 생각하는 순간이야말로, 새로운 길이 열리는 순간일지도 모른다. 지금 이 자리에서 행복해지는 연습을 한다면, 그리고 세상에 변화를 주고 싶다면 내가 먼저 변해야 한다.

그러니 오늘도 한 걸음 내디뎌보자. 비록 우리가 원하던 길이 아닐지라도, 걸어가는 한 길은 반드시 우리를 어디론가 데려다줄 테니까.

세상에 상처받아도 되는
마음은 없다

실어증이란 뇌의 질환이나 손상으로 말미암아 말하지 못하거나 말을 알아들을 수 없어 언어 활동이 불완전해지는 신체적인 병적 증상이다. 언어 기능을 담당하는 뇌의 구조를 침범하는 모든 뇌질환이 실어증을 유발할 수 있다.

실어증은 브로카 실어증, 베르니케 실어증, 전반 실어증, 전도 실어증, 연결피질운동 실어증, 연결피질감각 실어증, 혼합연결피질 실어증, 명칭 실어증 등 여덟 가지 유형으로 나뉜다. 명칭 실어증은 사물의 이름을 말하는 데 어려움을 겪는 언어장애로, 매끄럽게 말할 수 있지만 물체의 이름을 말할 순 없다. 심한 경우 말할 때 사물의 실제 이름을 대지 못하고 빙빙 돌려서 말하는 우회적 표현을 한다.

실어증은 스스로 말하기, 알아듣기, 따라 말하기, 이름 대기, 읽기, 쓰기 등 언어 검사를 통해 간단하게 평가하며, 문제가 있다고 판단되면 보스턴 실어증 검사, 웨스턴 실어증 검사 등의 정밀 언어 평가가 이루어진다. 나는 지금까지 한국판 웨스턴 실어증 검사를 세 번 했으며, 세 번 모두 명칭 실어증 판정을 받았다.

영화나 드라마, SNS에서 보는 실어증 환자는 아예 말하지 못하고 다른 사람의 말을 듣지 못하는 것처럼 비치기 때문일까. 재활병원에서 지내며 몇 번이나 큰 상처를 받았고 동시에 죄송한 마음을 가지게 되었다. 재활병원에는 뇌손상을 겪은 환자가 많았다. 뇌손상은 뇌가 제 기능을 하지 못하는 상태를 의미한다.

한 환자는 나처럼 개두술을 해 왼쪽 머리뼈를 들어내 머리가 옴폭 패인 것처럼 보였다. 매일 끔찍한 두통을 겪고 있는 나와 비슷한 모습의 환자를 만나자 반가운 마음에 다가가 인사했다. 그는 휠체어를 타고 있었기에 얼른 두 다리를 구부리고 허리를 숙여 눈을 맞추었다. "머리 너무 아프시죠?"라고 질문하자 그는 나를 또렷하게 바라보며 눈을 맞추었다. 대답이 없어도 그 사람의 말을 들은 것 같아 맞받아치듯 말했다.

"저도 엄청 아파요. 나쁜 놈한테 뇌를 공격당하는 기분이랄까요? 이걸 누가 알겠어요! 우리는 알잖아요! 우리는 서로의 아픔을 아는 친구 아니겠어요? 진짜 멋진 친구! 그나저나 언제…."

말을 이어가고 있는데 그의 보호자인 아내가 끼어들었다.

"말 못 해요. 뇌졸중으로 아예 말 못 해요. 꺽꺽 소리만 내요."

놀란 나는 고개를 들고 보호자를 본 다음 다시 환자의 표정부터 살폈다. 마음에 상처를 입었다면 이런 표정일까. 그는 입을 다물고 얼굴을 일그러뜨렸다. 눈동자는 초점을 잃어 흐려져 있었지만 깜빡이지조차 않았다. 나는 한 박자

쉬었다가 말을 이었다.

"저도 실어증 환자예요. 정확히는 명칭 실어증 환자래요. 처음에는 말하기 힘들었고, 단어 하나도 떠올릴 수 없었어요. 보호자인 가족들 이름까지 몰랐으니까요. 그래도 점차 나아지고 있어요. 그러니까 조금만 더 힘내세요. 포기하지 마세요. 분명 말할 수 있을 거예요."

보호자는 바로 "한마디도 못 한다니까 그러네?"라고 말했다. 보호자의 거친 말에 충격받아 곧장 반박할 수 없었다. '대체 내가 무슨 말을 듣고 있는 거지?'라고 생각에 잠겨 있을 때 보호자가 휠체어를 뒤로 끌어당겨 자리를 떠나 사라졌다.

그때 말했어야 했다. 우리는 말하지 못해도 들을 수는 있다고. 말을 못 할 뿐이지 앞에 있는 사람의 표정과 눈빛, 몸짓과 자세, 반응과 감정, 목소리 톤과 말투, 억양까지 다 알아들을 수 있다고. 다친 사람이 말을 더 못 하게 되는 이유는 다친 것뿐만 아니라 곁에 있는 사람들의 냉소적인 태도와 업신여기는 반응 때문에 말하는 데 두려움을 느끼기 때문이라고.

✤ 사람에게 한마디, 한순간은 평생 남기도 한다. 그러니까 한순간도 내 앞에 있는 사람에게 상처 주지 않기 위해 노력해야 하는 거 아닐까.

며칠 뒤 1층 카페에서 그들과 다시 마주쳤다. 재활치료 중 쉬는 시간에 엄마와 차를 마시며 단어 공부로 끝말잇기를 하고 있었다. 그 환자와 보호자는 문병 온 사람들을 맞이하는 중이었다. 그 보호자는 환자와 문병객뿐만 아니라 나와 엄마까지 다 들을 수 있는 큰 소리로 "얘… 완전 바보 됐잖아. 병신이야, 병신"이라고 말했다.

순간 눈에 핏발이 서고 오한이 들어 자리에서 일어났다. 보호자에게 달려가 따지고 싶었지만 엄마가 내 손을 꼭 붙잡았다. 문병을 온 친구들도 당황했는지 보호자의 말을 듣지 못한 척 다른 말을 건넸다. 감정이 들끓던 나는 보호자를 원망스러워하다 환자를 봤다. 굳은 표정으로 체념한 듯한 그 얼굴을 지금까지 잊을 수가 없다.

나의 첫 언어치료사는 내가 단어를 틀리거나 모를 때마다 어김없이 한마디를 덧붙였다.

"또 몰라요? 또 틀리네. 왜 자꾸 틀리지?"

이 한마디는 아직도 내 심장에 꽂혀 있다. 피곤하면서도 한심하게 나를 보는 듯한 표정 역시 생생하게 기억한다. 나도 말하고 싶은데 말할 수가 없는 나 자신이 너무 싫었다. 그런 나라는 사람을 인정하기도 싫었다. 사람에게 어떤 한 마디의 말, 어떤 한 순간의 장면은 평생 남기도 한다는 걸 알게 되었다. 그러니까 단 한순간도 내 앞에 있는 사람에게 쉽게 상처 주지 않기 위해 노력해야 하는 거 아닐까 생각했다. 재활병원에서 회복치료를 하면서도 나부터 신중하면서 다정히 환자에게 다가서야겠다고 다짐했다.
언어치료는 방에서 일대일로 이루어졌지만, 작업치료는 큰 테이블에 여러 명이 모여 진행되었다. 작업치료사와 환자가 일대일로 치료에 들어가는 것은 맞지만, 한 공간에서 함께였다. 그래서, 그리고, 그런데, 왜냐하면 등 제시된 문장 안에 들어갈 적절한 접속부사를 고르던 날이었다. 뭐라도 채워넣기 위해 생각에 잠길 때, 머리가 따끔거리며 아프기도 해서 집중이 안 될 때, 조용한 바로 그때, 나처럼 매우 얌전한 다른 환자들에게 눈길이 갔다. 그러다 둘이 눈이 마주치기라도 하면 무작정 웃었다. 그 환자가 쑥스럽다는 듯 또는 다짜고짜 웃는 내가 웃기다는 듯 웃어버리면 기분이 좋아 더 크게 방긋 웃었다.

치료가 끝나고 쉬는 시간에 여전히 테이블에 함께 모여 있을 때면 금방 웃었던 환자의 얼굴을 그림으로 그려서 드렸다. 한때 웹툰 작가로 활동한 나였지만, 작은 노트에 허겁지겁 그려서 드린 그림은 엉망일 수밖에 없었다. 그런데도 환자들은 입술 끝이 살짝 올라갈 정도로 웃어 보였다. 그렇게 우리는 웃으며 서로를 기억했다. 나는 작은 그림 한 장으로, 작은 미소 하나로 환자들에게 따스한 온기를 전하고 싶었다. 그리고 그 온기는 다시 내게 돌아왔다.

그래서 나는 믿는다. 우리 모두는 누군가에게 한 줄기 빛이 될 수 있다고. 그리고 나 자신도, 결코 작지 않은 존재라고.

이 흉터가
사랑으로 남을 수 있다면

다치기 전의 나는 아픈 사람이나 환자가 잘 보이지 않았다. 내가 하는 일, 성공하는 삶과 목표에만 집중했다. 잘나가고 돈도 많이 버는 사업가가 되고 싶었다. 환자가 되고 나서야 환자들이 보이기 시작했다. 쓸쓸하고 외로워서 화를 내는 환자가 있었고, 모든 걸 포기하고 무기력한 환자도 있었다. 환자는 의사, 간호사, 치료사, 보호자의 한마디에, 혹은 순간적인 표정에 상처받는다는 것도 알게 되었다. 환자에게는 상냥하고 따뜻한 시선이 무척이나 중요하다는 것도 알게 되었다.

의사, 간호사, 치료사, 보호자도 사람이기에 환자를 돌보는 일이 고되고 지칠 수 있다. 그래도 조심스럽게 부탁하고 싶다. 환자는 어려운 상황을 겪고 있는 당사자로서 극복하기 위해 노력하고 있는 중이니, 조금만 더 환자의 입장에서 다가가주길 바란다.

재활병원에서 만나 친해진 동생을 만나러 가는 날에 책을 선물했다. 알고 보니 뇌손상으로 시력까지 크게 저하되어 책을 읽을 수 없다고 했다. 보호자인 어머니가 아들의 손상된 기능이 무엇인지 말할 때 나는 동생 곁으로 가서 "글자가 큰 책은 읽을 수 있을까?"라고 질문했다. 동생은 고개를 끄덕이며 "네, 그런데 저 책 잘 안 읽어요"라고 말했다. 우리는 같이 웃음을 터뜨리며 각자 좋아하는 게 뭔지 이야기를 나누었다.

퇴원하고 집으로 돌아가면 마냥 즐거울 줄 알았는데 적적하기도 했다. 우리 집은 벽이 텅 비어 있었다. 마치 구멍 난 마음 같기도 해서 그림으로 벽을 채우고 싶어졌다. 때마침 장애인식개선을 위한 발달장애인 그림 전시회에 갔다가 그만 그림 하나에 푹 빠져버렸다.

발달장애인이 그린 그 그림은 귀여운 벌레가 사과에서 기어 나와 번데기가 되었다가 어여쁜 나비가 되어 가뿐히 날아오르는 그림이었다. 그림을 멍하니 보며 내 모습 그대로 다시 날아오르고 싶어졌다. 뇌출혈로 좌뇌 기능을 잃었고, 실어증 환자로 살아가게 되었지만 두려움에 사로잡혀 숨고 싶지 않았다. 나는 그림을 구매하겠다고 했다.

❋ 누군가의 장애를 편견의 눈으로 보기보다는, 그 사람의 가능성과 잠재력을 먼저 바라봐주길 바란다. 우리 모두 어린아이보다, 환자보다, 장애인보다 높은 층에 있는 게 아니라 같은 층에 존재하는 사람이다.

발달장애인 화가와 어머님을 카페에서 만났다. 첫 판매라고 했다. 앞으로의 그림이 너무 기대되어 화가에게 "그림 색상도 다 너무 예뻐요. 무슨 색 제일 좋아하세요?"라고 물어보았다. 뭐라고 대답할지 가슴이 두근두근했다. 그것도 잠시, 어머님은 대뜸 아들이 초등학생 수준이라 말을 잘 못한다고 하며 찬물을 퍼부었다. 그러고는 어머님이 장애인 아들과 지내온 나날과 고된 생활을 흡사 산문을 읽어내

듯 쉼 없이 말하기 시작했다. 아빠와 나는 눈빛으로 의견을 공유했다. 아빠는 어머님의 말씀을 경청했고, 나는 화가의 입이 닫히기 전에 다시 질문했다. 화가는 보라색을 좋아한다고, 그림 그리는 게 재미있다고 말했다. 나는 다음 그림도 기대된다고, 전시회에 가면 내가 다 구매할 거라고 했다. 우리는 눈꼬리에 주름이 지도록 웃으며 하이파이브했다.

언어장애, 바보, 병신, 어린아이, 초등학생 수준이라는 말은 병원에서부터 많이 들었다. 뇌전증은 지랄병이라고 불리며 사회에서의 부정적 낙인이 뿌리 깊게 박혀 있다. 이외에도 정신질환자는 정신병자, 청각장애인은 귀머거리, 시각장애인은 장님, 애꾸눈, 지체장애인은 절뚝발이, 절름발이, 언어장애인은 벙어리, 하반신장애인은 앉은뱅이, 발달장애인은 저능아 등 장애인을 비하하는 단어는 너무나 많다. 비관적인 뜻이 담긴 그런 단어는 대상에 대한 부정적인 인식, 편견, 그리고 차별을 낳는다. 무엇보다 그들이 다 듣고 있는데도 말이다.

어린아이, 초등학생이라고 말을 못 할까? 쉰 살이 어린이처럼 말한다고 해서 그게 말을 못 한다고 할 수 있을까?

말을 못 해서, 듣거나 볼 수 없어서, 장애인이라서 감정이 없을까? 마음을 못 받아들일까? 장애는 무작정 나쁜 것도 아니고 해로운 것도 아니다. 무조건 잘할 수 없는 것도 아니다.

그러니 곁에 있는 사람은 한마디에도 온 마음을 담았으면 한다. 한마디를 건넬 때도 아무 생각 없이 던지면 안 된다. 그 한마디가 어떻게 가닿을지 모르니까, 얼마나 오래갈지도 모를 일이니까, 들은 말을 따라야 한다는 생각 때문에 자기 자신에 대한 정체성까지 잃을 수도 있으니까. 스스로가 말할 수 있게, 자신의 마음을 제대로 들여다볼 수 있게 한 번씩 쉬어가길 바란다. 사람의 가능성과 잠재력을 바라봐주길 바란다. 우리 모두 어린아이보다, 환자보다 높은 층에 있는 게 아니라 같은 층에 존재하는 사람이다.

비단 장애인이나 환자, 어린아이뿐만 아니다. 오늘 우리가 마주한 사람 그 모두에게는 관계와 의미가 있다. 후각 장애로 거의 모든 음식이 맛없기는커녕 역겹게 느껴지기에 나는 식당에 갈 때마다 조심스러웠다. 정성을 담은 음식을 맛없게 먹는 모습에 셰프나 식당 종업원이 속상하거나 언짢을 수도 있기 때문이다. 이를 방지하고자 주문할 때 미리 말씀드리며 맛도 물어보았다.

"제가 뇌출혈로 후각장애를 겪게 되어서요. 혹시 이 소
스는 무슨 맛인가요? 새콤달콤하나요?"

대부분 친절히 알려주었지만, 때로는 무뚝뚝하거나 건성
으로 답하는 분도 있었다. 그러던 하루는 키오스크로 주문
하는 한 가게에서 울컥할 수밖에 없었다. 키오스크로 메뉴
를 훑어보다가 주문하기 전 셰프에게 이전과 똑같이 질문
했다. 셰프는 음식 재료와 소스를 구체적으로 설명하는 것
에서 그치지 않고 덧붙여 말했다.

"맛있게 드실 수 있을 때까지 다시 요리해 드릴게요.
계산부터 하지 마세요. 맛있게 드시면, 그때 계산해 주
세요!"

그가 나를 신경 써주고 있으며 나라는 존재를 염려한다는
느낌에 감동하고 말았다. 맛있게 먹을 수 있을 것만 같았
는데, 실제로 한 그릇 뚝딱 다 먹었다. 의미 있는 삶은 혼자

서 만들어내는 것이 아니라는 사실을 새삼 깨닫게 되었다. 병원에서 지내는 반년 동안, 그리고 퇴원 후 통원하면서도 의사, 간호사, 수납 직원, 언어치료사를 향한 칭찬 카드를 작성했다. 병원에 있는 카페 직원에게도 칭찬 카드를 드리고 싶어 공식 홈페이지에서 1:1 문의하기 상담으로 칭찬을 선택했다.

"머리를 다치고 뇌출혈, 뇌부종으로 후각상실까지 되어 병원에서 오랜 시간을 지냈습니다. 퇴원한 후에도 많은 음식과 음료가 먹기 힘들지만, 이 카페의 밀크티만큼은 맛있게 먹고 있습니다. 손대성 직원분은 후각이 상실된 저를 아시고, 매일 음료에 대해 구체적으로 설명해 주셨습니다. 밀크티 외에도 티나 스무디를 구매할 때면 맛을 상상할 수 있도록 상세히 말씀해 주셔서 후각훈련을 하는 데 많은 도움을 받았습니다. 저도 직원으로서 고객을 응대하는 마음을 잘 알고 있습니다. 손대성 직원분께선 정성과 따스함으로 고객을 마주하는 태도와 자세가 위대하기에 감동했습니다."

이 칭찬 하나로 카페에서 상품권까지 선물받았다고 직원분께서 말씀해 주셨다. 은근히 뿌듯했다. 경비원님에게는 겨울에는 핫팩과 떡을, 여름에는 과일을 선물했다. 거창한 선물도 아니었다. 편지와 함께 샤인머스캣 한 송이를 드리는 모습을 담은 1분 영상은 인스타그램에서 335만 조회수를 기록했다.

선물의 크기나 값이 중요한 게 아니라 그 안에 담긴 마음이 중요했다. 손편지 한 장, 따뜻한 말 한마디가 누군가에게는 큰 위로가 된다. 친절한 행동은 주는 사람과 받는 사람 모두의 행복을 증가시키기 마련이다. 나는 앞으로도 나의 가치와 노력뿐만 아니라 다른 사람의 일과 마음에도 감사하며 살아가고 싶다. 살아 있는 사람에게 살아 있는 내가 따뜻함을 전할 수 있는 순간은 바로 지금이니까. 살아 있다는 건, 누군가에게 따뜻한 사람이 될 기회가 있다는 뜻이다. 조용히 나눈 진심은 내게도 잔잔한 울림으로 되돌아온다. 나는 단순히 기억에 남는 사람이 아니라, 기억 속에서 따스하게 떠오르는 사람, 기억 속에서 미소 짓게 하는 사람이 되고 싶다.

우은빈의 상상은
현실이 된다

"어떻게 그렇게 우울하지 않을 수 있어요? 밝고 긍정
적이어서 너무 신기해요. 나라면 우울증을 겪고도 남
을 것 같은데."

SNS에서 보여주는 내 모습만으로 많은 사람이 내가 우울
함과는 거리가 먼 줄 안다. 나도 우울할 때는 한없이 우울
하다. 사사건건 비관적이고 지독한 염세에 빠질 때도 많
다. 강연할 때는 이야기의 흐름에 따라 때로는 크게 말하

고 싶지만, 이명현상으로 내 목소리가 귀에서 시끄럽게 울리는 게 괴로워 강연이 끝나고 나면 우울하다. 후각 상실로 밥을 먹을 수조차 없어 우울하다. 차라리 아무 맛도 느껴지지 않으면 나을 것 같다. 한입만 먹어도 느끼하고 역겹다.

'엄마 밥이 세상에서 제일 맛없어요'라는 영상 제목도 거짓말이 아니다. 유독 한식이 비위에 맞지 않아 엄마가 만들어준 밥을 한입 먹자마자 메스꺼워하며 입을 닫아버린다. 정성 들여 요리한 엄마도 속상하겠지만, 나라고 먹고 싶지 않겠는가. 사람들은 하루 종일 바쁘고 피곤하다가도 맛있는 음식과 간식을 먹으며 스트레스를 날리는데, 나는 먹을 때마다 스트레스가 쌓였다. 초콜릿, 빵, 과자, 커피는 지금까지 먹지 못한다. 아빠는 오히려 건강에 좋다고 긍정적으로 말해주지만 삼시 세끼 우울하다고 해야 할까.

그리고 삼시 세끼에 삼시 세약을 먹느라 우울하다. 평생 약을 먹어야 하기에 임신은 생각도 할 수 없다. 약의 성분상 기형아를 낳을 확률이 크다고 했다. 아이를 가지고 싶은 마음에 다치기 직전까지 난임병원에 다니며 노력했는데, 지금은 노력조차 할 수 없기에 우울하다.

실어증 환자로 여전히 단어를 틀릴 때면 우울하다. 이번 주에는 수제비를 수세미라고 말했고, 건더기를 건빵이라고 말했다. 병원에서 집으로 돌아가기 위해 차를 찾으며 아빠에게 "비행기 어디다 세웠지?"라고 말하더니 "아빠 가방은 어딨어?"라며 되물었다. '물려받다'를 '다운받다'로 말하거나 갑자기 낮에는 또 머리가 지끈지끈 아파서 침대에 눕자마자 "커튼 좀 쳐줘"를 "커튼 좀 꺼줘"라고 말했다. 관자놀이 왼쪽 뼈 3센티미터가 지금도 비어 있기에 한 번씩 미세하게 쑤셔오거나 칼날처럼 날카롭게 욱신거린다. 잠잠하던 고통이 잊힐 수 없다는 듯 집요하게 문을 두드리면 또 우울해진다.

우울과 슬픔으로 가득한 우물에 빠진 것 같은 날에는 그대로, 아니 더 깊게 빠져버리고 싶다. 아무것도 하고 싶지 않았고, 숨고 싶었다. 그럼에도 불구하고 나는 빠르게 그 우울에서 헤엄쳐 나오는 방법을 알고 있기에, 우울하다가도 순식간에 웃음을 되찾는다. 우울증을 극복하고 웃음 짓는 방법! 오늘 나만의 비법을 알려주고 싶다. 조금이나마 도움이 되길 바라는 마음이다.

✿ 미래를 손으로 쓰고 눈으로 보면서 나의 꿈을 잃지 않
을 수 있었다. 기대하며 기다리는 꿈과 목표를 생각만
으로 그치지 말고 글로 쓴 다음 눈으로 보고 또 보자.

바로 미래 일기다. 미래, 그러니까 내일이나 다음 달 또는
내년에 나에게 일어났으면 하는, 내가 보내고 싶은 하루
를, 나의 목표나 꿈을 이미 이루었다고 생각하고 미리 쓴
다. 마치 내가 그날의 일기를 쓰듯 다 이루어졌다고 생각
하며 일기로 쓴다.
나는 미래 이야기를 손으로 쓰고 눈으로 보면서 나의 꿈을
잃지 않을 수 있었다. 당신도 기대하며 기다리는 꿈과 목
표를 생각으로만 가지고 있지 말고, 글로 쓴 다음 눈으로
보고 또 보길 바란다.

"어떤 책에 그런 얘기가 나왔는데 과거는 다 거짓말이
고 미래는 환상일 뿐이래요. 그러니까 우리의 힘이 닿
을 수 있는 건 아무것도 없다는 거예요. 과거도, 미래
도. 그냥 지금만이 우리의 힘이 닿을 수 있는 시간인 거
죠. 그래서 지금 내가 딱히 불행하지 않으면 지금이 제

일 행복한 것 같다는 그런 생각을 되게 많이 했어요."

강하늘 배우가 한 말이다. 맞는 말이다. 다만 몸이 너무 아프고 힘이 나지 않는 날에는, 일도 풀리지 않아 집중하기조차 싫은 날에는, 나처럼 다치거나 갑자기 의사로부터 청천벽력 같은 소리를 듣게 된 날에는, 오늘, 지금, 여기에 힘을 쏟아붓기는커녕 도망가고 싶다. 그럴 때마다 내가 바라는 내일, 한 달 뒤, 1년 뒤의 그때를 생각하며 벌써 이루어진 것처럼 일기를 쓴다. 포기하고 싶을 때마다 미래 일기를 쓰면 조금 더 씩씩하고도 담대하게 살아가는 힘이 생긴다는 걸 느꼈다.

『나는 멈춘 비행기의 승무원입니다』를 출간하기 전에는 책이 5만 부 이상 팔렸다고 기뻐하며 10만 부까지 가자고 미래 일기를 썼다. 10만 부는커녕 5만 부도 팔리지 않았지만 말이다. 사서교사 임용시험을 보기 전에는 초수로 임용에 합격하다니, 학교 도서관의 사서교사로 다시 이륙한다며 미래 일기를 썼다. 공부하던 와중에 은행원으로 입사했지만 말이다. 2024년 6월 9일에 쓴 미래 일기를 다시 보았다.

드디어 〈세바시〉와 〈유 퀴즈 온 더 블록〉 촬영을 하게 되었다. 믿기지 않는다. 떨리기도 했지만, 그만큼 열심히 준비한 덕분에 또박또박 말할 수 있었다. 앞으로도 아프거나 힘든 사람들에게 희망과 용기를 주고 싶다. 사람들을 위로할 수 있는 사람, 우자까!

실제로 〈세바시〉 강연을 한 2024년 10월 2일, 〈세바시〉 강연자가 되었음을 덧붙였다. 더 웃긴 건 강연이 유튜브에 올라오기도 전에 썼던 미래 일기다.

〈세바시〉 조회수가 500만, 600만, 700만으로 오르고 있다. 신기하다!

MBC 〈강연자들〉의 강연자로 촬영하기 전에도 미래 일기를 썼다.

MBC 〈강연자들〉 방송으로 역대급 반응과 조회수가 일어나고 있다. 조회수 900만이라니, 우은빈 스타다.

유튜브에 검색하면 알겠지만, 〈세바시〉 조회수는 46만, 〈강연자들〉 조회수는 4만이다. 미래 일기에 썼지만 달성하지 못하니 씁쓸하지 않냐고 물어볼 수도 있지만, 내가 마주한 현실과 아픔에 굴복하지 않고 원하고 꿈꾸는 방향으로 나아가다 보니 그저 즐겁기만 했다. 조회수는 단지 조회수가 아니다. 나는 조회수를 한 사람의 마음과 생각을 마주 대한다고 생각했다.

최근 내가 운영하는 유튜브 영상 역시 조회수가 낮아졌다. 유튜브 알고리즘을 타기 위해서는 콘텐츠를 바꿔야 한다, 구독자들이 원하는 건 이것이다 등 유튜브를 띄우기 위한 가르침은 많다. 조회수와 구독자를 늘리는 데 도움이 될수는 있다. 하지만 나는 유튜브에 힘쓰는 것보다 그저 나의 이야기와 가족, 친구들과 함께 보내는 시간을 기록으로 남기고 나중에 다시 꺼내보는 그 과정 자체가 즐겁다.

등산할 때 진짜 행복은 정상에서만 느껴지는 것이 아니라 오르는 길목마다 마주치는 나무, 살랑이는 풀잎, 뺨을 스치는 바람 속에서 조용히 스며들 듯 찾아오는 기쁨이 있지 않은가. 여행도 여행을 떠나기 전 티켓을 예매하고 숙소와 맛집을 하나하나 찾아보며 기대에 들뜨지 않는가. 마라톤을 완주해야만 뿌듯한 게 아니라 완주를 위해 매일 아침 묵묵히 걷고 뛰어가는 내 모습이 대견하지 않은가. 어쩌면 진짜 행복은 결과가 아닌, 결과를 향해가는 지금이라는 시간 안에 고요히 머무르고 있는지도 모른다. 결과보다 과정을 사랑할 줄 아는 사람이야말로 자신의 삶을 진짜로 살아낸 사람이 아닐까.

나는 오늘도 내 삶의 조용한 기록자가 된다. 조회수가 아닌 순간을, 숫자가 아닌 마음을 남기며. 어쩌면 내 유튜브는 누구에게 보여주기 위한 것이 아니라, 내 삶을 '살아냈다'는 흔적을 남기기 위한 작은 타임캡슐일지도 모른다. 결국, 내가 남기고 싶은 건 '많은 사람의 관심'이 아니라 '진짜 내 삶을 살아냈다는 증거'다.

일기장 속에서 만난
어느 멋진 하루

마음에 파동을 일으키는 감정을 때로는 마음에 간직할 게 아니라 글로 쏟아낼 필요가 있다. 이동진 평론가는 "생각이라는 게 글을 안 쓰면 아예 조직화되지 않고 생각 자체가 나오지를 않아요. 글을 쓸 때만이, 자기 자신을 돌아보게 되고 생각을 벼리게 되거든요. 글을 쓰는 행위 자체가 자기를 돌아보는 행위가 되는 거죠"라고 말했다. 사랑과 기쁨, 기대와 감사, 감동과 행복, 재미와 즐거움은 더 선명하게 기억하기 위해, 분노와 짜증, 고통과 슬픔, 걱정과 두려움, 긴장과 갈등은 마음에서 쏟아내기 위해 글을 쓴다. 나는 에너지와 정신력을 지나친 감정에 호소하고 싶지 않아 감정 노트를 마련해 감정을 쏟아부었다. 덕분에 생각과 마음을 되돌아보며 심신을 단련할 수 있었다.

~~~~~~

2021년 7월 3일

어제 김미경 강사님과 전화까지 하게 되었다. 혼자 집에서 방방 뛰면서 아주 난리를 쳤다. '덕질은 옳다, 빠순이는 성공한다.' 무언가를 많이 좋아하고 동경하면 그에 가까이 가기 위해서 애를 쓰게 되며, 그만큼 앞으로 나아가는 것 같다. 그러니까 좋은 걸 좋아하고, 더 좋은 걸 만들기 위해서 움직이자! 건강하고 성실하게, 바로 이 몸으로.

~~~~~~
~~~~~~

2021년 7월 11일

김미경 강사님과 유튜브 라이브 영상을 촬영했다. 정말 좋아해서 쫓아다니다 드디어 실물 영접한 영광스러운 기분이랄까? 더 벅찼던 사실은 나를 축하해 주고, 대단하다고 말해준

부모님과 친구, 독자님들이었다. 축하해 주는 그 어여쁜 마음들, 잊지 않고 간직하며 살다가 나도 고스란히 돌려주어야지.

~~~~~~
~~~~~~

2022년 2월 25일

이번 주 금요일은 정말 너무 힘들었다. 많이 혼나기도 했고, 실수를 하는 나 자신도 힘들었다. 자꾸 기가 죽어서 양쪽 어깨가 쪼그라들다 못해 붙어버린 느낌이다. 분리해서 생각해야 할 것 같다. 일은 일이고, 실수는 실수고, 밥은 밥이고, 퇴근 후의 삶은 퇴근 후의 삶이다. 일하면서 받은 자괴감이나 피로를 삶의 다른 영역까지 끌고 가지 말아야지.

~~~~~~
~~~~~~

2022년 8월 6일

열등감에 사로잡힌 요즘, 내가 지켜보던 모두가 잘되는 걸 보면서 자꾸만 나와 비교하고 깎아먹고 있다. 나는 나대로 할 뿐인데, 뭐가 내게 부족한 걸까. 여기서 나는 다음 스텝으로 무엇을 밟아야 할까. 자꾸 발이 엉키고 스텝이 꼬인다. 균형을 잃어버리게 된 요 며칠이다. 균형을 잘 잡기 위해 쉬어간 거라고 봐야 할까. 아니, 그보다는 마음의 부담을 덜기 위해, 그래서 더 늘어지게 보낸 며칠이었다고 생각하자.

~~~~~~~~~~~~~~~~~~~~~~~~~~
~~~~~~~~~~~~~~~~~~~~~~~~~~

2023년 11월 15일

그가 아무것도 묻지 않았던 게 자꾸 떠오른다. 내게 물어볼 게 없었던 건지, 자기 자신만 보여주고 싶었던 건지 모를 일이지만, 뭔가 상하는 기분이다. 뭐가 상하는 걸까? 사람들이 내게 더 많은 걸 물어보고 궁금해하게끔 만들고 싶다. 그렇게 하려면 단단한 내공부터 쌓아야겠지.

~~~~~~~~~~~~~~~~~~~~~~~~~~
~~~~~~~~~~~~~~~~~~~~~~~~~~

2024년 7월 19일

책을 읽다 자기 계발 전문가 짐 론이 한 말과 맞닥뜨렸다.

"가장 많은 시간을 함께 보내는 다섯 사람의 평균이 당신이다."

다치고 나서 나와 많은 시간을 보내는 다섯 사람을 떠올려보았다. 엄마, 아빠, 오빠, 남편, 시부모님이 늘 웃어서 나도 웃고 있는 거구나. 내 곁에 있는 사람이 무기력하고 슬프면 난 밝을 수가 없는 거였어. 그런데 우리 가족이 그저 밝은 사람인 걸까? 시아버님은 무뚝뚝한 것 같지만 마치 내가 어린아이인 것처럼 웃는 얼굴로 이렇게 말한다.

"아버님, 제가 다친 것 자체가… 아프게 된 것 자체가 죄송해요."

"음? 나는 은빈이가 더 활발해져서 좋은데? 은빈이 전에는 춤 안 췄잖아. 그런데 다치고 나서 오히려 신나게 춤도 추잖아. 그 모습이 얼마나 나를 웃음 짓게 하는지 몰라."

뚱목이도 MBTI가 T인데 나한테만 F인 것처럼 반응한다. 그런데 엄마, 아빠, 남편, 시부모님이 내가 중환자실에서 깨어나지 않을 때 얼마나 울었는지, 얼마나 절망했는지 알게 되었다. 오빠는 내가 깨어나길 바라며 병원 복도에서 대기하는 가족들의 무너진 표정, 떨리는 손, 굳어버린 심정이 담긴 일기를 하루하루 기록했고 얼마 전에 건네주었다. 본 적이 없었기에, 볼 수 없었기에 전혀 몰랐다. 모두가 그저 환한 사람들이라고만 생각했다. 내가 다쳤던 시기에도 분명 심리적으로 육체적으로 무척이나 괴로웠을 텐데도 나에게만은 티 내고 싶지 않아 애쓰던 가족들이었다. 오빠의 일기를 읽으며 가족들이 내 앞에서만 웃으려고 노력했다는 걸 알게 되었다. 그렇다면 이제는 나도 누군가의 마음을 햇살처럼 다정하게, 봄바람처럼 포근하게 채워줄 수 있는 거 아닐까?

아니, 그렇게 살아야만 한다고 생각한다.

요란하고 행복하게,
인생 2막 시작!

유튜브 〈우자까〉 채널명은 평생 글 쓰며 살고 싶은 마음을 담아 우은빈 작가, 우 작가의 줄임말로 지은 이름이다. 책 읽고 글쓰기를 좋아했던 나는 계속 그렇게 살아가고 싶었다. 내가 글을 잘 쓴다고 생각했던 건 아니다. 초고는 볼 때마다 별로다. 내가 쓴 글인데 내가 쓴 글이 아니었으면 좋겠고, 작가인데 작가가 아닌 것만 같았다. 지금도 마찬가지다. 다시 글을 쓰게 되었지만 작가임을 포기하고 싶다.

그래도 다치기 전에는 거침없이 글을 썼다. 승무원으로 일하면서도 해외에 도착해 놀러 가는 것보다 호텔에서 글을 쓰는 게 좋았다. 글을 쓰기 위해 캐리어에 늘 노트북을 챙겨 다녔다.

지금은 쓰고 싶어도 단어가 잘 생각나지 않아 초등 국어사전을 살펴보거나 인터넷 사전을 검색한다. 예를 들어 인터넷 국어사전으로 '바보'를 검색하면 바보의 뜻과 유의어, 반의어 더 나아가 상위어, 하위어, 낮춤말, 비슷한 말까지 알 수 있다.

나는 명칭 실어증으로 단어를 공부하는 김에 그 단어가 들어간 속담, 관용구는 기본이고 예문까지 눈으로 보며 익힌다. 글을 써야 하는데 단어를 찾아보며 단련하다 보면 시간이 두 배, 세 배가 필요하다. 그래도 이 과정이 뇌를 발전시킨다고 생각하면서 쓰고 있다.

그러다가 또 낙담에 빠진 날에는 서윤아 편집자님에게 수정을 해주지 않느냐고, 대신 써주지 않느냐고 조심스럽게 여쭤보기도 했다. 편집자님은 독자에게는 직접 쓴 글로 다가가야 한다고 명료하게 말씀하셨다. 이번 기회에 AI를 써볼까 싶기도 했는데, 편집자님이 책을 많이 읽는 독자들은 AI가 작성한 글의 특성도 다 파악한다고 전해주셨다. 그래도 맞춤법과 띄어쓰기는 고쳐주신다고 덧붙였다.

서윤아 편집자님은 내 글이 좋다고 말씀하셨지만 믿을 수 없었다. 헤밍웨이의 "모든 초고는 쓰레기다!"라는 명언을 웅얼거리며 어제도 오늘도 그냥 글을 쓰는 중이다. 아예 안 쓰는 것보다 뭐라도 써야 하니까. 시간이 많이 걸리는 일은 그만큼 핵심이 있으니까. 완벽하려고 하면 진전이 없다고 생각하며 일단 막 쓴다.

다치게 된 그날도 아침에 일어나자마자 두 번째 책『승무원, 눈부신 비행』초고를 퇴고했다. 퇴고를 거듭하다 승무원 준비생들을 만나러 나가는 길이었다. 인적이 드문 한적한 집 앞 거리에서 뒤로 넘어지며 머리를 보도블록에 크게 부딪쳐 머리가 깨졌고, 허리 골절로 움직일 수가 없었다. 무엇보다 외상성경막하출혈이 매우 심해 나는 의식을 잃어버렸다. 그저 누워서 숨을 꼴딱댔다. 그때 아무도 나를 발견하지 못했다면, 30분 넘게 혼자 방치되었다면 다량 출혈로 사망했을 거라고 의사가 말해주었다.

평소 한산하던 거리는 내가 다친 날에는 붐볐다고 말해도 좋을 것 같다. 때마침 10미터 정도 뒤에서 걸어오던 분이 나를 발견하자마자 구난을 시도했다. 20미터 정도 앞에서

가던 분들도 돌아와 같이 도와주었다. 도로에서 주행하던 한 차량도 정차하고 운전자가 급히 차에서 내려 달려왔다. 그들은 나를 관찰하며 119로 출동을 요청했다.

CCTV로 보면 다친 지 7분 만에 소방서로 사고 소식이 보고되었고, 10분 뒤 119 구급차가 사고 현장에 도착했다. 그리고 또 10분 만에 병원 응급실에 도착해 인계되었다. 뒤에 오던 분이 없었다면 어떻게 되었을까. 먼저 걸어가던 분들이 돌아보지 않았다면? 주행하던 차량 운전자가 달려 나오지 않았다면 과연 나는 어떻게 되었을까? 그분들은 아무 흔적도, 연락처도 남기지 않고 각자 갈 길을 가셨다.

오늘도 글을 쓰다가 사이렌 소리가 울려 창문 너머를 보는데 갑자기 멀리서 까만 연기가 가득 보였다. 다행히 30분 만에 검은 연기가 줄어들었다. 머리를 부딪친 뒤 치명적인 뇌출혈로 기억할 수 없지만, 내가 다쳤을 때도 소방관님과 구급대원님이 재빠르게 달려오셔서 응급실에 빨리 갈 수 있었다고 한다. 그래서 우리 가족은 소방관님들에게 감사 인사를 전하러 소방서에 다녀왔다.

거리에서 나를 구하기 위해 노력한 사람들, 신속하게 달려온 소방관, 머리 부분 지혈과 CT 촬영을 하며 계속 관찰한 응급실 의사, 휴진하는 날이었지만 수술이 급하다고 판단해 뛰어온 신경외과 의사까지. 모든 사람의 도움으로 나는 살아날 수 있었다. 은혜를 갚기 위해서라도 나는 다른 사람을 더 세심히 살펴보고 돌봐야 한다고 강다짐했다.

매일 통원하며 언어치료를 받고 여러 가지 검사도 받고 있는 요즘이다. 병원에서 누가 보이겠는가? 환자들이 보인다. 지난주에는 한쪽 눈이 없는 할아버지가 헤매는 모습을 보았다. 다가가서 먼저 물어봤다. "할아버지, 어디 가시게요? 제가 도와드릴게요." 병원에서 나가는 길에는 한 아주머니가 병원 밖에서 수납 창구를 찾고 계셨다. "수납 창구는 병원 안에 있어요. 제가 알려드릴게요!" 그렇게 수납 창구까지 같이 가서 알려드렸다. 아주머니가 고맙다고, 또 만나자고 그러셔서 크게 외쳤다. "병원에서 또 만나면 안 되죠!" 그 말에 환하게 웃으셨는데, 순간 너무 행복했다. 이렇게 먼저 다가가고, 작게나마 도울 수 있을 때 행복하다는 걸 느끼는 어제오늘이다. 병원에 가기 전, 가방에 견과류를 여러 개 챙겨 환자나 보호자에게 건네곤 한다.

어떤 분들은 물어보신다. "혹시 사고가 없었다면 지금은 어떻게 지내고 있을까, 그런 생각 안 하세요?" 나도 사람인데 생각하기 마련이다. 여전히 머리뼈 수술 자국이 믿기지 않고, 실어증을 극복하기 위해 매일 공부를 하고 있다. 하지만 사고 이전에는 생각하지도 못한 세상에서 나답게 헤쳐나가고 있고, 이런 나의 모습을 감싸안아 주는 고마운 사람들과 함께하고 있다. 그래서 나는 다쳤다고 쉽게 우울해하지도 않는다. 다친 상황에서도, 아니 오히려 다치게 된 상황이었기 때문에 얻게 된 나만의 가치와 깨달음이 있으니까. 내가 혼자서 밝고 긍정적인 게 중요한 게 아니라 누구와 함께하느냐가 중요하다는 걸 알게 되었으니까.

환자로 지내며 삶은 결코 혼자서 만들어가는 것이 아니라는 걸 배웠다. 삶은 혼자가 아닌, 함께여야 비로소 살아갈 수 있다는 것을. 우리는 오롯이 혼자인 듯 살아도 서로에게 기대며 살아갈 수밖에 없다.

다친 나를 발견하자마자 도와주셨던 분들, 일주일 만에 눈을 떴을 때 따뜻하게 반겨준 가족과 친구들, 머리가 찌그러진 모습을 용기 내어 공개했을 때조차 한없이 어여쁘다고 나를 안아준 구독자들이 있었기에 지금의 나는 다시 웃고, 다시 힘차게 살아간다.

그래서 지금 이 책을 읽는 당신도 곁에 있는 사람과 함께 살아가길, 그리고 때때로 그들을 안아줄 수 있는 사람이 되길 바란다. 자기 계발 전문가 짐 론은 "당신은 가장 많은 시간을 함께 보내는 다섯 사람의 평균"이라고 말했다. 그 말에 고개를 끄덕이면서도, 나는 이렇게 생각한다. 만약 곁에 우울하고 지친 사람들이 있다면 내가 먼저 따뜻한 빛이 되어줄 수 있지 않을까. 밝은 기운을 전하는 사람, 항상 좋은 쪽을 바라보려고 노력하는 사람으로 다른 사람들에게 에너지를 나눠주면 되지 않을까. 그렇게 곁에 있는 사람의 어두움을 내가 환하게 비추기 위해 노력하면 되지 않을까. 기분 좋은 말 한마디, 진심 어린 웃음 하나만으로도 누군가의 하루는 달라질 수 있다.

이제는 나도 먼저 다가가고 싶다. 환자에게, 나처럼 아픈 사람에게 또는 마음이 괴로운 사람에게, 그늘 속에서 외로운 사람에게 손을 내밀고 이야기를 나누며 응원하는 사람이 되고 싶다. 어려운 환경에 처해 있는 사람을 도와주고 싶다는 새로운 목표도 생겼다. 사람이 사람을 사람으로, 그리고 사랑으로 대하면 기적은 조용히 시작될 것이다. 사람은 사람 덕에 살아가고, 사랑 덕에 다시 일어난다.

그리고

나를 위한 이벤트.

1월 27일에 다쳤고, 11월 27일이 내 생일이다.
그래서 괜히 27일마다 쉬어가기로 결정했다.

아빠의 편지

 은빈이가 작가, 강사로 승승장구하며 신년을 시작한 지 한 달
이 될 즈음에 청천벽력 같은 소식이 들이닥쳤어. 네가 강의 나
가는 길에 그 차디찬 겨울철 콘크리트 보도블록에 걸려 뒤로
넘어지며 머리를 심하게 부딪쳤다고. 천만다행히 행인이 발견
하고 119구급대로 신고해서 병원 응급실에 있다고. 머리 쪽에
출혈이 심해 사망할 수도 있다고. 거의 반사적으로 병원으로
달렸다.
병원으로 가던 그 길이 얼마나 멀게만 느껴지던지. 내달리는
택시 창 너머 유유히 흐르던 한강이 얼마나 야속하던지. 온갖
은빈이 모습들이 주마등처럼 뇌리를 스쳐가곤 했지. 그래도 아
니다, 절대로 그리 헛되게 사망하진 않을 거다. 지금껏 얼마나
밝고 맑고 건실하게 열정적으로 살아온 은빈이인데 이리 쉽게
가진 않을 거다. 혼잣말로 연신 중얼거리며 병원으로 달려갔

다. 은빈아, 우리 이쁜 딸 은빈아, 살아만 다오….

목불인견이다. 하얀 붕대를 둘러싼 머리, 초점 잃은 눈, 창백한 얼굴, 윗옷 곳곳에 흩어져 있는 핏자국, 가느다란 신음 소리, 움찔움찔 뒤척이려는 몸짓, 왈칵 가슴 깊은 곳에서부터 눈물이 솟아올랐단다. 속내가 아리고 쓰라렸다. 대체 이 사태를 어찌해야 하나, 은빈이가 먼저 갈 수도 있다는데, 자식 먼저 보내는 심정이 이런 걸까, 머릿속이 하얘지고 또 까맣게 먹통이 되어버렸다. 수없이 깊은숨을 들이마셨다가 길게 내쉬길 반복하다가, 아니다, 이럴수록 침착하자며 진정하고 은빈이를 살리는 생각만으로 마음을 가다듬자고 다짐했다.

입원실로 옮겨와서는 차츰 안정을 찾더구나. 그제야 네가 얼마나 크게 다쳤는지, 얼마나 위중한 상태였는지 비로소 인식하더구나. "나 이제 아무 일도 안 하고 쉴 거야. 그냥 쉬고 싶어"라고 중얼중얼 말도 내뱉는 걸 보니 정말 살았구나 싶어 참 대견하고 고맙기도 한 반면 그동안 은빈이가 얼마나 치열하게 생활했는지, 쉬고 싶다는 갈망이 오죽했을까 싶어 애처롭고 안쓰럽기만 하더구나.

자주 멍한 모습으로 우두커니 입원실 바깥으로 시선을 돌리는 우수 어린 네 눈빛을 볼 때마다, 단어가 생각나지 않아 "이거, 저거, 그거"라며 답답해할 때마다, 종종 위라클 영상을 볼 때마다 얼마나 마음이 아프던지. 아마도 은빈이는 위라클의 극복기로 위안을 받으면서 기죽지 않고 용기를 가지려고 했던 것 같아.

그래도 역시나 은빈이였어. 은빈이는 사고를 누구 탓으로, 자기 탓으로도 여기지 않고, 왜 그런 사고가 일어났을까 하는 회한이나 위축된 생각보다 도리어 그 고통을 이겨내려고만 했지. 머리를 다친, 뇌를 다친 사람들이 어찌 회복하고 있는지를 스스로 알아보기도 하고 책을 열독하면서 위안과 용기를 가지고자 했다.

수술한 병원에서도, 재활병원에서도 은빈이 너의 위중한 상태를 제대로 인정하고 긍정하면서, 이를 바탕으로 은빈이 특유의 밝은 빛을 발휘하더구나. 밝고도 맑은 상큼 듬뿍 미소로, 영롱한 목소리로 말이다.

그래. 다른 사람에게 희망과 용기를 주려고 하면 나도 위안이 되고 나도 용기를 낼 수 있다. 나를 찾으려면 누구와 비교하면서 날 탓하기 이전에 잘된 남을 배워야 한다고, 배움을 얻으면 잠재된 내 속을 찬찬히 들여다볼 수 있고 그래서 날 다스릴 수 있다더라. 비교우위에 있는 사람들과 자신의 기준점을 대입해 보면 자신의 방향성을 찾아낼 수도 있지. 그렇게 자신을 계속 만들어갈 수 있다고 하더라. 다른 사람의 최대치에 나 자신을 비교하기보다는, 나 자신의 최대치에 나의 현재를 비교 대입하면 내 인생을 배울 수 있다더라.

아빠, 엄마, 오빠, 남편, 시댁을 생각하기에 앞서 은빈이 네 회복에 방점을 두고 집중하도록 하자. 은빈이 네가 다시 꼿꼿이 일어나서 하고 싶은 일, 잘할 수 있는 일에 새로이 매진하는 모습을 참 보고 싶다. 네 쏟아진 잔에 이 아픔과 슬픔, 그리고 재기하려는 의욕과 자신감을 꾹꾹 채우는 게 최우선이야. 네 잔이 가득 채워진 후에는 은빈이 주변을 둘러봐도 늦지 않을 거야.

그러니 미안해하지도 말고 어려워하지도 말거라. 도리어 네 주변에 따뜻한 가슴으로 열심히 생활하는 우리 식구들, 친지, 친구, 선후배가 있음을 자랑하고 뿌듯해하고 든든하게 여기거라. 다 은빈이가 이토록 잘 살아왔다는 증명이란다. 은빈이가 손에 쥐고 있는 것도 중요하지만, 누가 은빈이 곁에 있는가도 인생에서는 중요하다고 여기거라.

완쾌하고 나서 보답해야지 하는 마음도 갖지 마라. 그 또한 은빈이를 옥죌 수 있는 스트레스일 뿐이다. 그냥 고맙다고만 마음속에 새겨가며, 지금껏 생활해 온 대로 쭈욱 살아가자. 예전처럼, 아니 예전보다 더 성숙한 인성과 올바른 자세로, 건강한 신체로 네 생활을 건전하게 열정으로 잘 꾸려가는 게 보답일 것이다. 그런 은빈이를 보는 게 우리 모두, 은빈이 주변인들의 바람이고 또 보람일 것이야.

사고 이후 지금까지 잘 견뎌내고 이겨내고 밝고 맑은 미소로 아픔을 딛고 일어나려는 은빈이 너의 긍정과 무한한 노력에 찬사를 보낸다. 참 잘해왔어. 앞으로도 참 잘할 거야. 우리 딸 은빈이는 분명 모든 고통을 잘 이겨내 반드시 저 푸르디푸른 창공으로 힘껏 날개 펼치리라.

그럼요, 당근이지요.

은빈아, 사랑한다!

엄마의 편지

요즈음은 걱정 없는 하루하루가 이어지는 것 같다.

1년 전 은빈이가 다쳤을 때, 더는 떠올리고 싶지 않은 그때의 시간은 말로도 글로도 표현할 수가 없을 것 같다. 그저 살아만 달라고…. 애미는 살 만큼 살았으니 바꿀 수만 있다면, 제발 내 목숨과 바꾸어달라고. 신이란 신은 다 부르며 기도인지 애원인지도 모르면서 빌기만 했다. 이루어질 수 없는 일인 줄 알았지만 아무것도 할 수 없는, 해줄 수 없는 엄마로서의 무력함에 절망하면서 그동안 믿지도 않았던 온갖 신을 찾을 수밖에 없었다.

그 후 차츰 회복되는 딸을 보면서 그저 기쁘고 감사한 마음으로 보낸 지 1년. 정기적으로 병원을 다니면서 피곤하다며 하루에도 몇 번씩 침대에 드러누울 때도 많았고, 가끔은 우울해하기도 하고 침울해하는 모습도 보였지만 어릴 때부터 밝았던 모습이 더 많은 시간을 채우는 것을 보면서 이제 됐다는 안도의 마음을 가질 수 있었다.

은빈이는 정말로 밝은 성격의 아이였다. 어릴 때는 고집도 있어서 엄마를 마음고생도 시킨 딸이었지만, 중학생 때부터는 밝고 맑은 심성을 가진 아이로 자랐다. 깔깔깔 잘 웃었고 이래라저래라 가르친 적도 없었지만, 예의도 바르고 명랑했다. 그런 성정은 지금도 그대로 가지고 있는 것 같다.

아니, 결혼하고 나서 더 밝아지고 행복해하는 것 같아 보기가 너무 좋다. 뚱목이랑(사위 애칭이다. 사위 이름이 '승목'인데 통통하다고 붙인 애칭이다) 둘 사이가 좋다 못해 결혼 5년 차가 지났지만 지금도 둘의 눈에서는 꿀이 뚝뚝 떨어지는 게 보인다. 가끔은 내가 둘이 눈꼴시다고 핀잔 아닌 핀잔을 하면서도 마음은 그저 흐뭇하기만 하다.

아직은 후각장애, 언어장애에, 시신경도 손상되어 눈도 나빠졌지만 지금은 세 번째 책도 마무리 중이고 여러 학교, 기업체, 단체 등 강연도 다니고 늘 바쁜 나날을 보내고 있는 딸애를 보면 이제는 걱정이 없다.

그래도 딱 한 가지, 후각장애가 아직 심해서 예전에 맛있게 먹던 음식도 못 먹고 맛나게 먹는 음식이 몇 가지 안 되지만 그래도 감사할 따름이다. 그래도 나는 딸을 믿는다. 밝고 맑은 심성의 딸은 잘 이겨낼 거라고. 일에 대한 열정도 얼마나 많은 지 오히려 내려놓을 줄도 알아야 한다고, 충고 아닌 충고를 할 정도다.

사랑하는, 아니 사랑이란 단어로는 표현할 수 없는 엄마의 마음으로 은빈이의 앞날을 응원할 뿐이다.

오 빠 의 편 지

 편지라, 기억하건대 내가 군대에서 복무하던 시절, 그러니까 20여 년 전쯤에 너에게 마지막으로 편지라는 것을 썼던 것 같네. 그래도 모처럼 동생님의 부탁이니 이렇게 편지를 쓰기 위해 오랜만에 모니터 앞에 앉았다. 이러고 있으니 약 1년 2개월 전 그날이 생생히 떠오르네.

오빠와 네 새언니는 모처럼의 휴가로 일본 오사카에 놀러 가 한 쇼핑몰 카페에 들러 커피를 주문했어. 그리고 습관처럼 카톡을 켰는데, 아부지한테 카톡이 와 있더라고. 처음에는 읽으면서도 대체 무슨 말인지 이해가 잘 안 되더라. 네가 중환자실에 입원했다는 거야. '아니, 왜? 무슨 말이지? 이게 무슨 상황이지?' 같은 생각만 들어 멍한 상태로 아부지께 전화를 했어.

핸드폰 너머로 들려오는 아부지의 목소리를 듣자 비로소 농담이나 거짓말이 아니라는 걸 알 수 있었어. 슬픔과 두려움이 섞여 있으면서도 놀러 간 아들 내외를 걱정시키지 않으려고 짐짓 담담하게 말하려 노력하시는 그 마음까지 다 느껴졌거든. 그래서 더욱 네가 얼마나 심각한 상황인지를 본능적으로 알았던 것 같아.

통화를 마치고 나서 한국에 들어올 때까지 어떻게 시간을 보냈는지 잘 기억이 나지 않아. 그냥 와이프 앞에서는 최대한 안절부절못하는 모습을 보여주지 않으려 노력했다가 숙소로 와서 샤워하며 혼자 숨죽여 울었던 것만 기억난다. 나중에 새언니가 말하길 그때 아부지랑 통화하는 내 표정이 생전 처음 보는 표정이었대.

처음 병원에서 널 봤을 때, 정말 겨우 숨만 붙어 있는… 말 그대로 처참한 모습의 널 보고는 그대로 서 있기가 힘들어 복도 구석으로 걸어가며 한없이 나오는 눈물만 닦았어. 그러다 나도 이런데 부모님 심정은 진짜 말도 못 하겠다 싶어 엄마 곁으로 가서 떨리는 손을 붙잡고 멍하니 있었지. 할 수 있는 게 아무것도 없다는 게, 그저 기다리고, 지켜보고, 네가 이겨내기를 바라고만 있어야 하는 게 얼마나 답답하고 무기력하게 느껴지던지. 온 마음으로 우리 가족 모두 간절하게 빌고 또 빌었어. 제발 의식이 돌아오기를… 제발 일어나기를….

그랬던 네가, 살아난 것도 모자라서 무조건 후유증이 어떤 형태로든 올 거라고 했었던 네가, 이리도 건강하게 살고 있다니. 얼마나 기적 같은 일인지 몰라. 그리고 한편으로는 네가 얼마나 마음을 다잡으려 노력하고, 재활을 위해 애쓰고, 불현듯 찾아오는 통증과 우울함을 이겨내려 노력하는지를 조금이나마 알기에 안쓰럽기도 하고, 대견하기도, 자랑스럽기도 해.

사람들은 잘 믿지를 않는데, 나는 엄마가 너를 제왕절개로 낳으시고 마취가 풀려 아파하며 찡그리던 그 표정을 아직도 똑똑히 기억하거든. 내가 만으로 다섯 살이 되었을 무렵이었고. 할머니가 엄마가 아파하니까 날 보고 엄마 손을 꼭 잡아주라고 하셔서 어린 손으로 엄마 손을 잡으며 동생이라는 존재가 생겼구나 어렴풋이 느꼈던 것 같아.

그 이후로는 오빠라는 이유로 막연히 널 지켜줘야 한다는 의무감이 자연스럽게 생겼어. 그래서 애기 때 동네에서 널 놀리는 녀석이 있으면 뛰쳐나가 주먹다짐도 하고, 변태가 쫓아온다고 전화하면 집에 누워 있다가도 뛰쳐나가 집에 데리고 들어오고, 남자 친구가 생겼다고 하면 어떤 놈인지 네 입을 통해서라도 들어야 직성이 좀 풀리곤 했었지.

그러다가 네가 승목이를 만나서 결혼하고 나서야 뭔가 내 역할

이 끝났다는 생각이 들더라. 이제는 너를 지켜줄 든든한 남편이 생겼으니 말이야. 하지만 아마 아부지는 평생 그 생각을 놓지 않으실걸?

아무튼 말이지, 쓰다 보니 좀 낯간지러워져서 이제 마무리를 해야겠어. 은빈아, 지금의 너는 그저 살아 있는 것만으로도 너와 비슷한 상황에 놓인 사람뿐만 아니라 수많은 사람에게 많은 감동과 영감과 희망을 주는 사람이라는 걸 잊지 마. 너무 무리하며 애쓰지 말고, 그저 지금의 우은빈 너로도 충분하니까. 언제 또 이렇게 표현할지는 모르겠지만, 이 기회를 빌어서나마 얘기할게.

사랑한다, 내 동생. 사랑할 이유야 많지만, 그저 네가 이 세상에 태어난 순간부터, 내 동생이라는 이유로, 우리가 가족이라는 그 사실만으로도 충분히 너를 사랑한다. 네가 내 동생이어서 참 다행이야. 앞으로 너의 인생에, 그리고 우리 가족의 인생에 슬프고 힘든 일보다 행복하고 즐거운 일이 훨씬 더 많이 생기리라 믿어 의심치 않아.

잘 살자, 우리!

KI신서 13566
가장 요란한 행복

1판 1쇄 인쇄 2025년 4월 28일
1판 1쇄 발행 2025년 5월 14일

지은이 우은빈
펴낸이 김영곤
펴낸곳 ㈜북이십일 21세기북스

서가명강팀장 강지은 **서가명강팀** 강효원 서윤아
디자인 *Studio* Weme
마케팅팀 남정한 나은경 한경화 권채영 최유성 전연우
영업팀 한충희 장철용 강경남 황성진 김도연
제작팀 이영민 권경민

출판등록 2000년 5월 6일 제1406-2003-061호
주소 (10881) 경기도 파주시 회동길 201 (문발동)
대표전화 031-955-2100 **팩스** 031-955-2151 **이메일** book21@book21.co.kr

(주)북이십일 경계를 허무는 콘텐츠 리더

21세기북스 채널에서 도서 정보와 다양한 영상자료, 이벤트를 만나세요!
페이스북 facebook.com/jiinpill21 **포스트** post.naver.com/21c_editors
인스타그램 instagram.com/jiinpill21 **홈페이지** www.book21.com
유튜브 youtube.com/book21pub

서울대 가지 않아도 들을 수 있는 **명강**의! 〈서가명강〉
'서가명강'에서는 〈서가명강〉과 〈인생명강〉을 함께 만날 수 있습니다.
유튜브, 네이버, 팟캐스트에서 '서가명강'을 검색해보세요!

ⓒ 우은빈 2025
ISBN 979-11-7357-276-0 03810

박위(유튜버 '위라클')

하늘을 날며 수많은 사람들의 여정을 함께했던 한 승무원, 세상 누구보다 말하기를 좋아했던 저자는 한순간 말을 할 수 없게 되었다. 그러나 그녀에게 찾아온 좌절과 고통은 삶을 다시 띄우는 연료가 되었다. 그리고 그녀는 세상의 아픔을 보듬기 위해 분명, 지금도 날고 있다.

조혜련(방송인, 작가)

책을 읽는 내내 마음이 울컥했다. 한 사람의 인생, 그리고 그녀를 돕는 사랑하는 가족의 몸부림! 그 모든 것이 그녀를 살려내었다! 부디 이 책을 많은 분들이 읽고, 삶을 새롭게 바라보는 시간이 되기를 진심으로 바란다.

윤설미(유튜버 '남북공동구역')

『가장 요란한 행복』은 듣기 좋고 호기심이 생기는 어구를 골라 꾸며낸 이야기가 아니다. 죽음의 문턱에서 상상하기조차 어려운 고통을 겪으면서도 끝내 삶을 선택한 작가 우은빈의 진솔한 고백이다. 봄날의 벚꽃 같은 생명과 소망이 이 책으로부터 움트기를 바란다.